Simbá,
O MARUJO

Título original: *Les Mille Et Une Nuits*
Versão: *Antoine Galland*
copyright © Editora Lafonte Ltda. 2023

Todos os direitos reservados.
Nenhuma parte deste livro pode ser reproduzida por quaisquer meios existentes sem autorização por escrito dos editores.

Direção Editorial **Ethel Santaella**

REALIZAÇÃO

GrandeUrsa Comunicação

Direção Denise Gianoglio
Tradução Otavio Albano
Revisão Luciana Maria Sanches
Capa, Projeto Gráfico e Diagramação Idée Arte e Comunicação
Ilustração de Capa Gravura anônima, 1850 - Rijks Museum

Dados Internacionais de Catalogação na Publicação (CIP)
(Câmara Brasileira do Livro, SP, Brasil)

```
Galland, Antoine, 1646-1715
   As mil e uma noites : Simbá, o Marujo / versão de
Antoine Galland ; tradução Otavio Albano. -- 1. ed.
-- São Paulo : Lafonte, 2023.

   Título original: Les mille et une nuits
   ISBN 978-65-5870-336-5

   1. Contos árabes - Adaptações 2. Contos franceses
3. Contos - Adaptação - Literatura infantojuvenil
I. Título.

23-149217                                    CDD-843
```

Índices para catálogo sistemático:

1. Contos : Literatura francesa   843

Eliane de Freitas Leite - Bibliotecária - CRB 8/8415

Editora Lafonte

Av. Profª Ida Kolb, 551, Casa Verde, CEP 02518-000, São Paulo-SP, Brasil – Tel.: (+55) 11 3855-2100
Atendimento ao leitor (+55) 11 3855-2216 / 11 3855-2213 – atendimento@editoralafonte.com.br
Venda de livros avulsos (+55) 11 3855-2216 – vendas@editoralafonte.com.br
Venda de livros no atacado (+55) 11 3855-2275 – atacado@escala.com.br

Simbá,
O MARUJO

Versão de **Antoine Galland**

Tradução
Otavio Albano

Brasil, 2023

Lafonte

William Strang
1896

Simbá,
O MARUJO

SIMBÁ, o Marujo

Sob o reinado do califa Haroun Alraschid, havia em Bagdá um pobre carregador chamado Hindbad. Certa vez, em um dia de calor excessivo, ele levava uma carga muito pesada de um extremo ao outro da cidade. Muito cansado do caminho que já tinha percorrido e lhe restando ainda um longo trecho a atravessar, chegou ele a uma rua em que soprava um zéfiro[1] suave, e cujo pavimento fora regado com água de rosas. Não podendo desejar um lugar mais favorável para descansar e recuperar as forças, ele colocou a carga no chão e se sentou perto de uma grande casa.

---

1 Vento que sopra do Ocidente. (N. do T.)

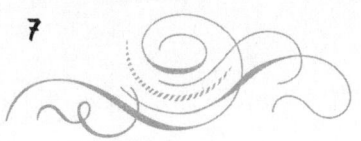

Logo se sentiu muito grato por ter parado naquele local, pois seu olfato foi prazerosamente atingido por um requintado odor de aloe e sândalo que emanava das janelas da residência e que, misturando-se com a fragrância de água de rosas, perfumava o ar. Além disso, ouviu, vindo do interior, um concerto de vários instrumentos, acompanhado pelo canto harmonioso de muitos rouxinóis e outras aves típicas do clima de Bagdá. Essa graciosa melodia e o cheiro de vários tipos de carne que passou a sentir o fizeram concluir que algum banquete estava sendo servido, deleitado pelas pessoas do lugar. Quis então saber quem morava naquela casa que não conhecia bem, pois não tinha tido a oportunidade de passar por aquela rua com frequência.

Para satisfazer sua curiosidade, aproximou-se de alguns criados que vira à porta, magnificamente vestidos, e perguntou a um deles qual era o nome do dono daquela morada. — O quê? — respondeu o criado. — Você mora em Bagdá e não sabe que esta é a casa do senhor Simbá, o marujo, o

famoso viajante que percorreu todos os mares iluminados pelo sol?

O carregador, que tinha ouvido falar das riquezas de Simbá, não conseguiu evitar de sentir inveja de um homem cuja condição lhe parecia tão afortunada quanto achava deplorável a sua própria. Com a mente amargurada por suas reflexões, ele ergueu os olhos para o céu e disse alto o suficiente para ser ouvido:

— Poderoso criador de todas as coisas, considere a diferença entre mim e Simbá: todos os dias, eu sofro mil prostrações e mil males, e tenho muita dificuldade para alimentar a mim e minha família com um degradante pão de cevada, ao passo que o afortunado Simbá gasta com exuberância inúmeras riquezas e leva uma vida cheia de prazeres. O que ele fez para obter um destino tão agradável de sua parte? E o que fiz eu para merecer um fardo tão rigoroso?

E, ao terminar de dizer essas palavras, ele bateu o pé no chão como um homem completamente possuído pela dor e pelo desespero.

Ainda estava ocupado com tristes pensamentos quando viu um criado sair da casa, dirigir-se até ele e lhe dizer, pegando-o pelo braço: — Venha, siga-me. O senhor Simbá, meu patrão, deseja lhe falar...

Mas o dia surgiu no aposento, impedindo Sherazade de continuar a história, retomando-a no dia seguinte:

— Meu senhor, sua majestade pode facilmente imaginar que Hindbad não ficou nem um pouco surpreso com o apelo que o criado lhe fizera. Depois do discurso que tinha acabado de pronunciar, ele tinha motivos para temer que Simbá mandasse chamá-lo para puni-lo de alguma maneira. Por isso, ele tratou de se esquivar, dizendo que não poderia deixar a carga no meio da rua. Contudo, o criado de Simbá lhe assegurou que tomariam conta do carregamento, e insistiu tanto no cumprimento da ordem de que fora incumbido, que o carregador se viu obrigado a aceitar suas súplicas.

O criado o conduziu a uma grande sala, onde havia várias pessoas ao redor de uma mesa repleta de iguarias de todos os gêneros. No lugar de honra, viu uma figura séria, de boa aparência, bastante venerável com uma longa barba branca; atrás dele, postava-se uma multidão de oficiais e servos, prontos a servi-lo imediatamente. Essa figura era Simbá. O carregador, cuja inquietação aumentara ao ver tanta gente e tão soberbo banquete, saudou a comitiva com todo o corpo tremendo. Simbá pediu que se aproximasse e, depois de fazê-lo se sentar à sua direita, serviu-lhe ele mesmo um pouco de comida e lhe deu para beber um excelente vinho, algo que abundava naquele banquete.

Ao fim da refeição, Simbá, percebendo que os convidados não estavam mais comendo, tomou a palavra e, dirigindo-se a Hindbad, a quem chamava de "irmão" — de acordo com o costume dos árabes quando se falam com intimidade — perguntou-lhe seu nome e profissão.

— Meu senhor — respondeu ele — meu nome é Hindbad.

— Fico feliz em vê-lo — respondeu Simbá — e lhe garanto que toda a minha comitiva também o vê com prazer. Mas eu gostaria de ouvir de seus próprios lábios o que estava dizendo mais cedo na rua.

Simbá, antes de se sentar à mesa, ouvira todo o seu discurso através de uma janela, e foi isso que o compelira a chamá-lo.

Diante desse pedido, Hindbad, dominado por grande confusão, abaixou a cabeça e retrucou:

— Meu senhor, confesso que minha exaustão me deixou de mau humor, e deixei escapar algumas palavras indiscretas, peço que me perdoe...

— Ah! — retomou a palavra Simbá. — Não pense que sou injusto a ponto de guardar quaisquer ressentimentos. Sou capaz de me colocar em sua situação: em vez de repreendê-lo por suas lamentações, tenho pena de você, mas me vejo obrigado a reparar um equívoco que parece pensar em relação à minha pessoa. Sem dúvida, você imagina que adquiri sem dificuldade e sem trabalho

todos os confortos e o sossego de que me vê desfrutar. Perca tal ilusão: apenas alcancei uma posição tão afortunada depois de ter sofrido durante vários anos todos os castigos do corpo e da mente que a imaginação é capaz de conceber. Sim, meus senhores — acrescentou ele, dirigindo-se a toda a comitiva — posso lhes assegurar que esses esforços são tão extraordinários, que são capazes de afastar dos homens mais ávidos de riquezas o desejo fatal de cruzar os mares para adquiri-las. Talvez você tenha ouvido apenas vagamente sobre minhas estranhas aventuras e os perigos que corri no mar nas sete viagens que empreendi e, já que a ocasião se apresenta, farei um relato fiel de tudo que vivi. Acredito que não ficarão exasperados de ouvi-lo.

Como Simbá queria contar a história especialmente em função do carregador, antes de iniciá-la, ordenou que sua carga — que fora deixada na rua — fosse levada ao local onde Hindbad deveria entregá-la. Isso feito, começou seu relato, nos seguintes termos:

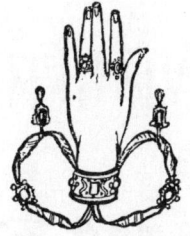

1ª VIAGEM DE
Simbá,
O MARUJO

— Eu havia herdado bens consideráveis de minha família e gastei a maior parte deles na devassidão de minha juventude. Porém, me recuperei de tamanha cegueira e, voltando ao meu juízo normal, reconheci que as riquezas eram perecíveis e que, sendo elas tão mal administradas como eu vinha fazendo, logo se veria seu fim. Além disso, acreditava que, levando uma vida desregrada, consumia meu tempo, que é o bem mais precioso do mundo, de modo infeliz.

Considerava também que a pior e mais deplorável das misérias era a de ser pobre na velhice. Lembrei-me destas palavras do grande Salomão, que certa vez ouvi meu pai dizer: "É menos lamentável estar no túmulo do que na pobreza". Impressionado com todas essas reflexões, recolhi os escombros de meu patrimônio e vendi todos os móveis que tinha em um leilão, na praça do mercado.
Em seguida, fiz amizade com alguns mercadores que negociavam nos mares, consultando aqueles que me pareciam capazes de me dar bons conselhos. Por fim, resolvi fazer render ao máximo o pouco dinheiro que me restava e, assim que tomei essa decisão, não tardei em executá-la. Fui para Baçorá[2], onde embarquei, com vários mercadores, em um navio cujas provisões foram custeadas igualmente por todos.

— Singramos os mares e tomamos a rota para as Índias Orientais pelo Golfo Pérsico,

---

2 Antiga cidade persa. Atualmente, é a terceira maior cidade do Iraque e principal porto do país. (N. do T.)

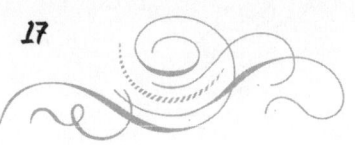

que é formado pela costa da Arábia Feliz[3], à direita, e da Pérsia, à esquerda, e cuja maior largura é de setenta léguas[4], de acordo com a opinião geral. Do outro lado desse golfo, o mar do Levante, semelhante ao mar das Índias, é muito amplo, limitado a um lado pela costa da Abissínia[5], estendendo-se por mais de vinte mil quilômetros até as ilhas de Vakvak[6]. Inicialmente, sofri do que chamam de enjoo do mar, mas minha saúde logo se recuperou e, desde então, não padeço mais desse mal.

— No curso de nossa navegação, desembarcamos em várias ilhas, e nelas vendíamos ou trocávamos nossas mercadorias. Certo dia, quando estávamos navegando, a calmaria nos deteve diante de uma ilhota quase no mesmo nível da água, que parecia uma pradaria, tamanho o seu verdor. O capitão mandou dobrar as velas e permitiu

---

3   Antiga denominação da parte meridional da península arábica, correspondente aos atuais Estados do Iêmen e de Omã. (N. do T.)
4   Cerca de 330 quilômetros. (N. do T.)
5   Antigo Império Etíope, atualmente correspondendo aos Estados da Etiópia e da Eritreia. (N. do T.)
6   Arquipélago fictício presente em contos de origem árabe, localizado provavelmente no mar da China. (N. do T.)

o desembarque dos tripulantes que quisessem descer. E eu estava entre eles. No entanto, enquanto nos divertíamos bebendo, comendo e descansando das agruras do mar, a ilha subitamente começou a tremer, sacudindo-nos com violência.

Ao pronunciar tais palavras, Sherazade interrompeu a história, já que o dia começava a raiar. E, no fim da noite seguinte, retomou assim seu conto:

— Meu senhor, Simbá, continuando sua história, disse:

— Percebemos o tremor da ilha no navio, para onde fomos intimados a voltar imediatamente, pois estávamos a ponto de perecer, já que o que pensávamos ser uma ilha era o dorso de uma baleia. Os mais ágeis conseguiram escapar para o barco, outros se puseram a nadar. Quanto a mim, ainda me encontrava na ilha — ou melhor, na baleia — quando ela mergulhou no mar, e só tive tempo de agarrar um pedaço de madeira que trouxera do navio para fazer fogo. Nesse meio-tempo, o capitão, depois de ter recolhido a bordo as

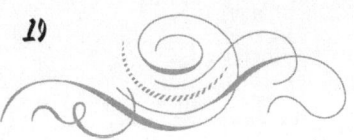

pessoas que estavam no barco e resgatado alguns dos que nadavam, quis aproveitar um vento fresco e favorável que soprava e ordenou que içassem as velas, tirando, assim, minha esperança de alcançar o navio.

— Fiquei então à mercê das ondas, empurrado ora para um lado, ora para outro. Competi com elas por minha vida durante o resto do dia e toda a noite que se seguiu. No dia subsequente, não tinha mais forças, e lutava desesperadamente para evitar a morte quando uma onda, felizmente, lançou-me contra uma ilha. A margem era alta e íngreme, e eu teria tido enorme dificuldade em escalá-la se a fortuna não tivesse preservado algumas raízes de árvores naquele ponto, dando-me os meios de fazê-lo. Deitei-me na terra, na qual permaneci meio morto, até que clareou o dia e o sol apareceu.

— Então, embora eu estivesse muito fraco pelos esforços que empreendera no mar e não tivesse comido nada desde o dia anterior, não parei de me arrastar em busca de boas ervas para comer. Encontrei algumas e tive a sorte de me deparar com uma excelente fonte

de água, o que contribuiu muito para a minha recuperação. Minhas forças retornaram e avancei ilha adentro, caminhando sem uma rota evidente. Cheguei a uma bela planície, de onde avistei um cavalo pastando, ao longe. Dirigi-me para onde ele estava, oscilando entre o medo e a alegria, já que não sabia se estava indo atrás de minha ruína ou de uma oportunidade de colocar minha vida em segurança. Percebi, ao me aproximar, que se tratava de uma égua amarrada a uma estaca. Sua beleza chamou a minha atenção, mas, enquanto olhava para ela, ouvi a voz de um homem que falava, vindo de debaixo da terra. No instante seguinte, esse homem apareceu, veio até mim e perguntou quem eu era. Contei-lhe minha aventura e, quando terminei, ele me pegou pela mão, conduzindo-me a uma caverna onde se encontravam outras pessoas, que não ficaram menos surpresas ao me ver do que eu ao encontrá-las.

— Comi alguns pratos que essas pessoas me apresentaram e, quando lhes perguntei o que faziam em um lugar que me parecia tão deserto, responderam

que eram cavalariços do rei Mihrage[7], soberano daquela ilha. Disseram também que, todos os anos, na mesma estação, traziam para lá as éguas do rei, amarrando-as da maneira como eu presenciara para que fossem montadas por um cavalo que saía do oceano. Depois que esse cavalo as montava, preparava-se para devorá-las, mas eles o impediam de fazê-lo com seus gritos, forçando-o a retornar para o mar. Estando as éguas grávidas, eles as levavam de volta, e os cavalos que nasciam eram destinados ao rei e chamados de "cavalos marítimos". Ao final, acrescentaram que partiriam no dia seguinte e que, caso eu tivesse chegado um dia mais tarde, inevitavelmente teria perecido, pois suas moradas eram distantes e teria sido impossível lá chegar sem um guia.

— Enquanto eles me contavam tudo isso, o tal cavalo saiu do mar — exatamente

---

[7] Antigo rei lendário árabe, conhecido por sua sabedoria e por seu poder. (N. do T.)

como me relataram — lançou-se sobre a égua, montou-a e, depois, quis devorá-la. Entretanto, com o grande escarcéu feito pelos cavalariços, ele a soltou e mergulhou de volta no mar.

— No dia seguinte, eles pegaram a estrada para a capital da ilha com suas éguas, e eu fui com eles. À nossa chegada, o rei Mihrage, a quem fui apresentado, perguntou-me quem eu era e por qual casualidade acabara em seus domínios. Assim que satisfiz plenamente sua curiosidade, ele me revelou ter grande participação em meu infortúnio. Ao mesmo tempo, ordenou que cuidassem de mim e me fornecessem todas as coisas de que eu precisasse. E executaram sua ordem de tal forma que tive todos os motivos para elogiar sua generosidade e a correção de seus lacaios.

— Como eu era comerciante, tentei encontrar pessoas da minha profissão. Procurei em especial estrangeiros, tanto para saber notícias de Bagdá como para achar alguém com quem eu pudesse para lá voltar, visto que a capital do rei Mihrage está situada à beira-mar e possui um belo porto, visitado

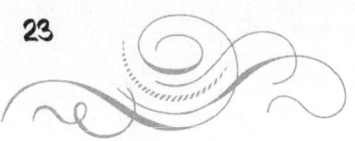

diariamente por navios de diferentes partes do mundo. Também procurei a companhia de estudiosos indianos e tive o prazer de ouvi-los, mas isso não me impediu de saudar o rei com certa regularidade, nem de conversar com governadores e pequenos reis, seus tributários, que faziam parte de seu séquito. Fizeram-me mil perguntas sobre meu país e eu, desejando me instruir sobre os costumes ou as leis de seus Estados, perguntei-lhes tudo o que parecia merecer minha curiosidade.

— Existe sob o domínio do rei Mihrage uma ilha que leva o nome de Cassel. Asseguraram-me que, todas as noites, ouvia-se um som de tambores vindo de lá, o que deu origem ao rumor entre os marinheiros de que Degial[8] habitava a ilha. Quis então ser testemunha dessa maravilha e, em minha jornada até lá, vi peixes de quarenta e cinco a noventa metros de comprimento, que

---

8 Anticristo na mitologia muçulmana. Os maometanos acreditam que o anticristo virá perverter os homens no fim do mundo e conquistará toda a Terra, à exceção das cidades de Meca e Medina, na Arábia Saudita, Tarso, na Turquia, e Jerusalém, em Israel, que serão preservadas por anjos. (N. do T.)

causam mais medo do que mal. Eles são tão tímidos que se assustam ao bater nas tábuas dos barcos. Notei também outros peixes que tinham menos de meio metro de comprimento e pareciam ter a cabeça igual à de corujas.

— Ao retornar, em determinado dia em que estava no porto, vi atracar um navio. Assim que ele ancorou, as mercadorias começaram a ser descarregadas, e os mercadores a quem elas pertenciam fizeram com que fossem transportadas para os armazéns. Quando prestei atenção em alguns dos fardos — e sobre a marca de procedência que traziam — vi meu nome neles e, depois de examiná-los cuidadosamente, tive certeza de que eram os mesmos que eu carregara no navio em que embarcara em Baçorá. Cheguei mesmo a reconhecer o capitão, mas, como estava convencido de que ele acreditava que eu estivesse morto, aproximei-me dele e perguntei a quem pertenciam os fardos que vira. "Eu tinha a bordo", respondeu ele, "um comerciante de Bagdá cujo nome era Simbá. Certo dia, quando estávamos perto do que nos parecia uma ilha, ele lá desembarcou com

vários passageiros, mas a tal ilha não passava de uma baleia de enorme tamanho, que dormia na superfície da água. Assim que ela se sentiu aquecida pelo fogo que havia sido aceso em suas costas para cozinhar, começou a se mover e a afundar no mar. A maioria dos marujos se afogou, e o infeliz Simbá estava entre eles. Esses fardos eram dele, e resolvi negociá-los até encontrar alguém de sua família a quem possa devolver o lucro que obtiver."

— Meu capitão — disse-lhe eu, então — eu sou o tal Simbá que o senhor acredita estar morto e que não está, e esses fardos são minha propriedade e minha mercadoria...

Sherazade interrompeu a história naquela noite, mas continuou no dia seguinte. E assim retomou:

— Simbá, dando prosseguimento à sua história, disse à comitiva:

— Quando o capitão do navio me ouviu falar assim, exclamou: "Grande Deus! Em quem se pode confiar hoje? Não há mais boa-fé entre os homens. Vi Simbá perecer com meus próprios olhos, com os passageiros que estavam a bordo ao meu lado, e você ousa me dizer ser o tal Simbá! Que audácia! Quem o vê pensa se tratar de um homem honesto e, no entanto, vem me contar uma mentira horrorosa como essa para se apoderar de uma propriedade que não lhe pertence".

— Seja paciente, respondi ao capitão, e faça o favor de ouvir o que tenho a lhe dizer... "Muito bem", retrucou ele, "o que tem a dizer? Pois fale, estou ouvindo." Contei-lhe então como me salvara e as circunstâncias em que conhecera os cavalariços do rei Mihrage, que haviam me trazido até sua corte.

— Ele se sentiu abalado com minha fala, mas logo se convenceu de que eu não era um impostor, pois chegaram pessoas de seu navio que me reconheceram e me fizeram grandes elogios, expressando alegria em me ver novamente. Por fim, ele também me reconheceu e se lançou em meus braços: "Deus seja louvado!", disse-me ele, "por você ter escapado com vida de tão grande perigo! Não sou capaz de expressar o grande prazer que estou sentindo. Eis a sua propriedade, tome-a. É tudo seu, faça o que quiser com ela."

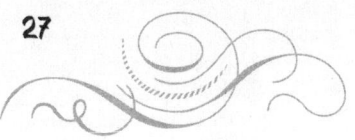

— Agradeci-lhe, elogiei sua integridade e, para reconhecê-la, pedi-lhe que aceitasse determinadas mercadorias que lhe apresentara, mas ele as recusou.

— Escolhi os mais preciosos objetos que havia em meu carregamento, e os apresentei ao rei Mihrage. Como o monarca sabia da desgraça que havia acontecido comigo, perguntou-me onde conseguira coisas tão raras. Respondi-lhe que eu as encontrara por acaso, e ele foi gentil o bastante para demonstrar sua alegria, aceitando meu presente e me oferecendo outros muito mais impressionantes em retorno. Em seguida, despedi-me dele e voltei a embarcar no meu antigo navio. Contudo, antes do meu embarque, troquei os bens que me restavam por outros daquele país. Levei comigo madeira de aloe, sândalo, cânfora, noz-moscada, cravo, pimenta e gengibre. Passamos por inúmeras ilhas e, por fim, desembarcamos em Baçorá, ali chegando com um montante de cem mil lantejoulas⁹. Minha família me recebeu, e nos reencontramos com toda a comoção que uma afeição forte e sincera pode causar. Comprei escravos de ambos os sexos, belas terras, e mandei construir uma enorme morada. Foi assim que me estabeleci, resolvido a esquecer os males que sofrera e aproveitar os prazeres da vida.

Parando nesse ponto da história, Simbá ordenou aos músicos que retomassem as apresentações, as quais interrompera para fazer seu relato. Todos continuaram comendo e bebendo até a noite e, quando chegou a hora de se retirar, Simbá mandou trazer uma bolsa de cem lantejoulas e a ofereceu ao carregador:

— Tome, Hindbad — disse ele — vá para casa e volte amanhã para ouvir o restante de minhas aventuras.

O carregador se retirou muito confuso, tanto com a honraria quanto com o presente

---

9   Moeda de ouro corrente na República de Veneza e nos países do Oriente Médio até meados do século 17. Zecchino, em italiano, e sequin, em francês (idioma original desta tradução). (N. do T.)

que acabara de receber. Em casa, descreveu a história de Simbá, e sua esposa e filhos a acharam muito agradável, e não deixaram de agradecer a Deus pelo bem que a providência lhes fizera por meio de Simbá.

No dia seguinte, Hindbad se vestiu com mais esmero do que no dia anterior e voltou para junto do generoso viajante, que o recebeu com ar risonho, manifestando muito carinho por ele. Assim que todos os convidados chegaram, começaram a servir a refeição e, por muito tempo, ficaram à mesa. Terminado o banquete, Simbá tomou a palavra e, dirigindo-se aos convivas, disse:

— Cavalheiros, por favor, deem-me sua atenção e tenham a gentileza de ouvir as aventuras de minha segunda viagem. Ela é mais digna de interesse do que a primeira.

Todos ficaram em silêncio e Simbá começou, nos seguintes termos:

2ª VIAGEM DE
Simbá,
O MARUJO

— Tinha resolvido, depois da minha primeira viagem, passar o resto de meus dias tranquilamente em Bagdá, como tive a honra de lhes dizer ontem. Mas não demorei muito para ficar entediado com uma vida ociosa, e o desejo de viajar e negociar pelos mares tomou conta de mim novamente. Comprei então mercadorias adequadas para o comércio que tinha em mente e parti uma segunda vez, com outros mercadores, cuja honestidade eu conhecia. Embarcamos em um bom navio e, depois de nos entregar a Deus, iniciamos nossa navegação.

— Íamos de ilha em ilha, conseguindo barganhas muito vantajosas. Certo dia, descemos em uma delas, coberta de várias espécies de árvores frutíferas, porém tão deserta que não chegamos a descobrir nela nenhuma habitação, nem mesmo uma só alma. Fomos tomar ar nas pradarias, ao longo dos riachos que as irrigavam.

— Enquanto alguns se divertiam colhendo flores, e outros, frutas, eu peguei as provisões e o vinho que havia trazido e me sentei perto de um riacho que corria entre algumas árvores altas que formavam uma agradável sombra. Com o que trouxera, fiz uma bela refeição e, em seguida, o sono veio se apoderar dos meus sentidos. Não sei dizer quanto tempo dormi, mas, ao acordar, não vi mais o navio ancorado.

Nesse ponto, Sherazade foi obrigada a interromper a história, pois via que o dia começava a raiar. Entretanto, na noite seguinte, ela continuou assim a segunda jornada de Simbá:

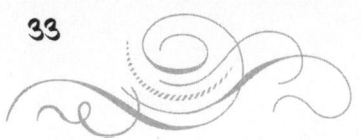

— Fiquei muito surpreso — disse Simbá — por não ver mais o navio ancorado. Levantei-me, procurei por toda parte e não vi nenhum dos mercadores que haviam descido à ilha comigo. Só vi o barco navegando, mas tão longe, que logo o perdi de vista.

— Deixo a cargo de sua imaginação conceber todas as reflexões que passaram por minha cabeça em uma situação tão lamentável. Achei que fosse morrer de dor. Dei gritos terríveis, joguei-me no chão e nele bati com a cabeça, ali permanecendo por muito tempo, absorto em uma confusão mortal de pensamentos, cada um mais angustiante do que o outro. Por cem vezes, censurei-me por não haver me contentado com a primeira viagem, que já deveria ter feito com que perdesse para sempre a vontade de fazer outras. Mas todos os meus remorsos eram inúteis e, meu arrependimento, inconveniente para aquele momento.

— Por fim, resignei-me à vontade de Deus e, sem saber o que seria de mim, subi no alto de uma grande árvore, de onde olhei para todos os lados para tentar ver se havia algo que pudesse me dar alguma esperança. Ao lançar meu olhar para o mar, via apenas água e céu; contudo, ao avistar algo branco em meio à terra, desci da árvore e, com o que me restara de comida, caminhei em direção a essa brancura que, por estar bastante distante, não conseguira distinguir bem o que era.

— Quando cheguei a uma distância razoável, notei que se tratava de uma bola branca de altura e tamanho prodigiosos. Assim que me aproximei, toquei nela e achei-a muito macia. Virei-me para ver se havia alguma abertura: não consegui descobrir nenhuma, e parecia impossível subir nela, de tão lisa que era. Ela bem que poderia ter cinquenta passos de circunferência.

— O sol estava a ponto de se pôr e, subitamente, o céu escureceu, como se tivesse sido coberto por uma nuvem espessa. Mas, se fiquei surpreso com tamanha escuridão, fiquei ainda mais quando percebi que o que a causara era um pássaro de altura e largura extraordinários, que voava em minha direção.

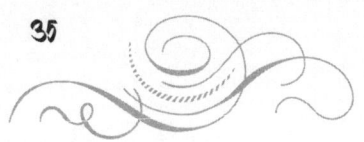

Lembrei-me de uma ave chamada roca[10], da qual ouvira muitas vezes os marinheiros falarem, e percebi que a grande bola que tanto admirara devia ser um ovo da tal ave. De fato, o pássaro desceu e pousou sobre ele, como se o estivesse chocando. Ao vê-lo chegar, espremi meu corpo contra o ovo, de modo que tinha diante de mim um dos pés da ave, um pé tão grande quanto um espesso tronco de árvore. Então, com a fita que tinha ao redor de meu turbante, amarrei-me firmemente ao pé da roca, na esperança de que ela me levasse para longe daquela ilha deserta quando voltasse a voar, no dia seguinte. Com efeito, assim que amanheceu, depois de passar a noite naquela posição, o pássaro levantou voo e me carregou tão alto que eu não era mais capaz de avistar a terra; então, de repente, desceu tão rápido que eu não conseguia mais sentir meu corpo. Quando a roca pousou e eu me vi no chão, rapidamente desatei o nó que me prendia ao pé dela. Mal terminara de me desprender, e ela bicou uma cobra de comprimento

---

10 Gigantesca ave fictícia. (N. do T.)

inacreditável. A ave agarrou a serpente e voou para longe imediatamente.

— O lugar onde ela me deixou era um vale muito profundo, cercado por todos os lados por montanhas tão altas que se perdiam em meio às nuvens e tão íngremes que não havia caminho para escalá-las. Tudo aquilo se mostrou um novo obstáculo para mim, e comparando esse lugar com a ilha deserta que eu acabara de deixar, descobri que não havia ganhado nada com a mudança.

— Enquanto caminhava pelo vale, notei que estava repleto de diamantes, alguns dos quais eram surpreendentemente grandes. Tive grande prazer em contemplá-los, mas logo vi, ao longe, objetos que diminuíam em muito esse prazer, algo que eu era incapaz de admirar sem me apavorar. Havia um enorme número de serpentes, tão grandes e tão compridas que não havia nem uma sequer que não fosse capaz de engolir um elefante. Recolhiam-se durante o dia para as tocas — onde se escondiam da roca, sua inimiga — e só saíam à noite.

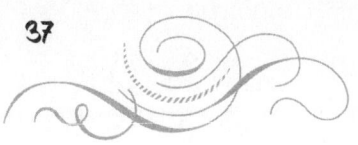

— Passei todo o dia passeando pelo vale, descansando de vez em quando nos lugares mais cômodos. Entrementes, o sol se pôs e, ao cair da noite, retirei-me para uma gruta onde julguei que estaria seguro. Bloqueei a entrada, que era baixa e estreita, com uma pedra grande o suficiente para me proteger das serpentes, mas tratei de deixar uma fresta para não impedir a entrada de um pouco de luz. Jantei parte das minhas provisões ao som das cobras, que começavam a aparecer. Seus assobios terríveis me assustavam enormemente e não me permitiram, como se pode imaginar, passar uma noite tranquila. Quando amanheceu, as serpentes se retiraram. Então, saí da minha caverna tremendo, e posso dizer que, por muito tempo, caminhei sobre diamantes sem ter a menor vontade de recolhê-los. Por fim, acabei por me sentar e, apesar da agonia que me inquietava, como não havia pregado o olho a noite toda, adormeci depois de fazer outra refeição com minhas provisões. Porém, mal havia adormecido, algo caiu perto de mim, fazendo um barulho tão alto que me acordou: tratava-se de um grande pedaço de carne fresca e, no instante seguinte, vi várias outras porções rolando do topo das rochas em diferentes lugares.

— Sempre considerei um conto de ficção a história que ouvi por diversas vezes de marujos e outras pessoas a respeito do vale dos diamantes, além da destreza que certos mercadores usavam para extrair as pedras preciosas desse local. Agora, eu tinha completa certeza de que tinham me contado a verdade. De fato, tais mercadores vão até esse vale na época em que as águias dão cria. Cortam carne e a jogam em grandes pedaços no vale. Assim, a carne se fixa aos diamantes nos lugares em que cai, e as águias, que são mais fortes naquele lugar do que em qualquer outro que exista, precipitam-se sobre os pedaços e os levam para os ninhos no topo dos rochedos, para servi-las como alimento aos filhotes. Em seguida, os mercadores, correndo para os ninhos, com seus gritos forçam as águias a se afastar e pegam os diamantes que encontram presos à carne. Eles usam esse truque por não haver outra maneira de tirar os diamantes do vale, por se tratar de um precipício cuja descida é inacessível.

— Até então, eu acreditava que não conseguiria sair daquele abismo e já o considerava meu túmulo. Mas mudei de opinião, pois o que acabara de ver havia me dado motivos para imaginar meios de preservar minha vida.

O dia, que acabara de aparecer no local em que se encontrava, impôs seu silêncio a Sherazade. Mas, no dia seguinte, ela continuou a história:

— Meu senhor — disse ela, ainda se dirigindo ao sultão da Índia — Simbá continuou a relatar as aventuras de sua segunda viagem à comitiva que o ouvia:

— Comecei, então — disse ele — a recolher os maiores diamantes que se apresentavam aos meus olhos, e enchi a bolsa de couro com a qual costumava guardar minhas provisões. Em seguida, peguei o pedaço de carne que me pareceu o mais comprido de todos e o amarrei firmemente ao redor do meu corpo com a fita de meu turbante. Nessas circunstâncias, deitei-me de bruços no chão, com a bolsa de couro presa ao cinto para que não houvesse como ela cair.

— Eu estava nessa posição, e vieram então as águias. Cada uma delas agarrou um pedaço de carne e o levou consigo, e uma das mais vigorosas, levando-me com o pedaço de carne que envolvia meu corpo, carregou-me montanha acima até seu ninho. Então os mercadores começaram a gritar sem parar para aterrorizar as águias e, quando viram que as tinham obrigado a deixar as presas, um deles se aproximou de mim, mas foi dominado pelo medo ao me ver. Contudo, ele logo se acalmou, porém, em vez de tentar se informar acerca da razão de eu me encontrar ali, começou a brigar comigo, perguntando-me por que eu estava roubando seus bens. "Você há de falar comigo", disse-lhe eu, "com mais gentileza quando tiver me conhecido melhor. Console-se", acrescentei, "há aqui diamantes para você e para mim, muito mais do que todos os outros mercadores podem ter juntos. Se lhes sobrou algum, é apenas por acaso; os que tenho foram por mim escolhidos no fundo do vale, e são estes que trago nesta bolsa que está vendo." Ao dizê-lo, mostrei-lhe a bolsa. Nem sequer tinha acabado de falar quando os outros mercadores que haviam me visto começaram a se aglomerar ao meu redor, muito surpresos de me ver — surpresa que alimentei ainda mais, contando-lhes minha história. Sua admiração pelo estratagema que eu inventara para me salvar só não foi maior do que a estupefação pela minha ousadia em pô-lo em prática.

— Em seguida, levaram-me para a hospedaria onde viviam todos juntos e, lá, ao abrir minha bolsa diante deles, o tamanho dos meus diamantes os fascinou, e eles confessaram que nunca haviam visto algo que se aproximasse de tamanha beleza, em nenhuma corte em que já tivessem estado. Pedi então ao mercador a quem pertencia o ninho para o qual havia sido transportado — pois cada mercador tinha o próprio — que escolhesse quantos quisesse para si. Ele se contentou em pegar apenas um deles, um dos menores. E, visto que eu o pressionava a escolher mais algum, sem que precisasse temer me prejudicar, disse-me: "Não, estou plenamente satisfeito com este aqui, que é valioso o suficiente para me poupar o trabalho de fazer outras viagens daqui em diante a fim de estabelecer minha pequena fortuna".

— Passei a noite com esses mercadores, a quem contei minha história uma segunda vez para a satisfação daqueles que ainda não a tinham ouvido. Não pude disfarçar minha alegria ao pensar que estava fora dos perigos de que lhes falara. Parecia-me que o estado em que me encontrava era um sonho e não podia acreditar que não tinha mais nada a temer.

— Os comerciantes já jogavam pedaços de carne naquele vale há vários dias e, como todos pareciam felizes com os diamantes que lhes couberam, partimos no dia seguinte todos juntos e caminhamos por altas montanhas em que havia serpentes de extraordinário comprimento — tendo a sorte de evitá-las. Chegamos ao primeiro porto, de onde passamos para a ilha de Roha, na qual cresce a árvore de onde se extrai a cânfora, e que é tão grande e tão densa que cem homens podem facilmente se abrigar sob sua sombra. A seiva que forma tal substância escorre por uma abertura feita no alto da árvore e é recolhida em um vaso, em que toma consistência e se torna o que chamamos de cânfora. Assim que é extraída a seiva, a árvore seca e morre.

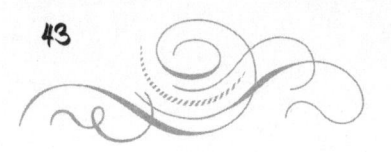

— Existem nessa mesma ilha rinocerontes, animais menores do que o elefante e maiores do que o búfalo. Eles têm um chifre no nariz, com quase meio metro de comprimento: esse chifre é sólido e cortado no meio, de uma extremidade à outra. Pode-se ver nele linhas brancas que representam a figura de um homem. O rinoceronte briga com o elefante, fura seu ventre com o chifre e o leva embora, carregando-o na cabeça. Mas, quando o sangue e a gordura do elefante escorrem até seus olhos, cegam-no e fazem com que ele caia no chão. E, vejam só que surpreendente, chega então a roca, pega-o com suas garras e o leva para alimentar os filhotes.

— Devo me calar a respeito de várias outras peculiaridades dessa ilha, com medo de entediá-los. Nela, troquei alguns de meus diamantes por ótimas mercadorias. De lá, partimos para outras ilhas e, por fim, depois de ter passado por vários portos comerciais em terra firme, desembarcamos em Baçorá, de onde segui para Bagdá. A princípio, distribuí grandes esmolas aos pobres e desfrutei com honrarias do restante das imensas riquezas que tinha trazido e conquistado com tantos esforços.

Foi assim que Simbá relatou sua segunda viagem. Ele ofereceu mais cem lantejoulas para Hindbad e o convidou a retornar no dia seguinte, para ouvir o relato da terceira jornada.

Os convidados foram para casa e voltaram no outro dia à mesma hora, assim como o carregador, que praticamente já esquecera de suas misérias passadas. Sentaram-se todos à mesa e, após a refeição, Simbá, tendo pedido a palavra, iniciou os detalhes de sua terceira viagem desta maneira:

3ª VIAGEM DE
Simbá,
O MARUJO

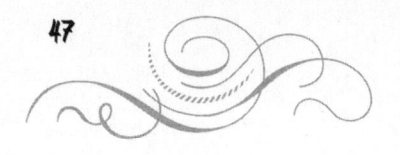

— Logo perdi — disse ele — em meio aos deleites da vida que levava, a memória dos perigos que correra em minhas duas primeiras viagens; porém, como ainda estava na flor da idade, cansei-me de viver na ociosidade e, curioso a respeito dos novos perigos que gostaria de enfrentar, parti de Bagdá carregado de ricas mercadorias do país, transportando-as para Baçorá. De lá, embarquei novamente, com outros mercadores. Navegamos por muito tempo e desembarcamos em vários portos, onde empreendemos negócios consideráveis.

— Certo dia, quando estávamos em alto-mar, fomos atingidos por uma terrível tempestade que nos fez perder a rota. Ela continuou por vários dias e nos conduziu até o porto de determinada ilha onde o capitão teria preferido atracar. Contudo, de fato, fomos obrigados a ancorar. Quando dobramos as velas, o capitão nos disse: "Tanto esta ilha como algumas das vizinhas são habitadas por selvagens muito peludos que certamente virão nos atacar. Embora sejam anões, nosso infortúnio nos leva a não oferecer a menor resistência, pois eles são mais numerosos do que gafanhotos e se, por acaso, matássemos ao menos um deles, eles se lançariam sobre nós e nos derrubariam".

A luz do dia, que veio iluminar os aposentos de Schahriar, impediu Sherazade de continuar a falar. Na noite seguinte, ela prosseguiu em seu conto nos seguintes termos:

— O discurso do capitão — disse Simbá — deixou toda a tripulação muito consternada, e logo ficamos sabendo que o que ele acabara de nos dizer era a mais completa verdade. Vimos surgir uma multidão inumerável de selvagens hediondos, cobertos com pelos ruivos por todo o corpo e medindo apenas sessenta centímetros de altura. Eles se jogaram na água, começaram a nadar e cercaram nossa embarcação em pouco tempo. Falavam conosco à medida que se aproximavam, mas não conseguíamos entender a língua deles. Agarraram-se às bordas e cordas do navio e subiram até o convés por todos os lados com tanta agilidade e com tanta velocidade, que pareciam nem sequer colocar os pés no chão.

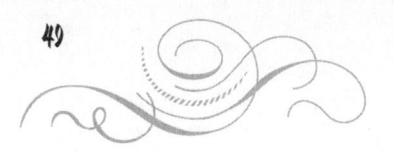

— Como podem imaginar, nós os vimos fazendo essas manobras absolutamente aterrorizados, sem ousar nos defender ou dizer uma única palavra para tentar demovê-los de seu plano, que suspeitávamos ser fatal. De fato, eles desdobraram as velas, cortaram o cabo e a âncora sem se dar ao trabalho de puxá-la e, depois de trazer a embarcação para a terra, fizeram-nos todos desembarcar. Levaram então o navio para outra ilha, de onde haviam surgido. Todos os viajantes evitavam cuidadosamente aquele local onde nos encontrávamos, e era muito perigoso parar ali, pelo motivo que estão prestes a ouvir. Entrementes, nós tivemos que esperar pacientemente pelo nosso infortúnio.

— Navegamos para longe da costa e, ao avançar ilha adentro, comemos algumas frutas e ervas que encontramos pelo caminho, no afã de prolongar ao máximo o último momento de nossa vida, pois todos aguardávamos uma morte certa. Enquanto caminhávamos, vimos a determinada distância de nós um grande edifício, e voltamos nossos passos naquela direção. Era um palácio muito alto e bem construído, com uma porta dupla de ébano — que acabamos abrindo, empurrando-a. Entramos em um pátio e, do lado oposto, vimos um vasto aposento com um saguão, onde se encontrava, de um lado, um monte de ossos humanos e, do outro, uma infinidade de espetos para assados. Essa visão nos fez estremecer e, como estávamos cansados de tanto caminhar, nossas pernas falharam e caímos no chão, tomados por um susto mortal, permanecendo imóveis naquele mesmo lugar por muito tempo.

— O sol estava se pondo e, enquanto continuávamos no estado lamentável que acabei de lhes descrever, a porta dos aposentos se abriu, fazendo um enorme barulho e, imediatamente, vimos a horrível figura de um homem negro, da altura de uma palmeira alta. Ele tinha um único olho no meio da testa, vermelho e ardendo como um carvão aceso; seus dentes da frente, muito longos e afiados, projetavam-se para fora da boca, tão grande quanto a de um cavalo, e o lábio inferior descia até o peito. As orelhas pareciam com as de um elefante, cobrindo seus ombros. Ele tinha também unhas em forma de gancho tão longas quanto as garras dos maiores pássaros que há. Ao ver tão hediondo gigante, nós todos perdemos a consciência, ficando como mortos.

— Por fim, despertamos e o avistamos no saguão, sentado e nos observando atentamente com seu único olho. Depois de ter nos examinado muito bem, aproximou-se de nós e, já próximo, estendeu a mão sobre mim, agarrou-me pela nuca e me virou como um açougueiro que segura a cabeça de uma ovelha. Depois de me fitar por algum tempo, vendo que eu estava tão magro que era só pele e osso, ele me soltou. Pegou todos os outros, um por vez, examinou-os da mesma maneira e, como o capitão era o mais gordo de toda a tripulação, segurou-o em uma das mãos como eu seguraria um pardal e lhe passou um espeto pelo corpo. Depois de acender uma grande fogueira, assou-o e o comeu como parte de seu jantar nos aposentos para onde se retirara. Terminada a refeição, voltou ao saguão, deitou-se e dormiu até a manhã seguinte, roncando sem parar, mais alto do que um trovão. Para nós, no entanto, não era possível saborear a satisfação do repouso, e passamos a noite na mais cruel inquietação que se pode conceber. Ao amanhecer, o gigante acordou, levantou-se, saiu e nos deixou no palácio.

— Ao crer que ele já se encontrava longe, rompemos o triste silêncio que havíamos mantido durante toda a noite e, expressando nossa aflição tanto quanto podíamos, fizemos o palácio ressoar com nossas lamentações e gemidos. Embora fôssemos numerosos o suficiente e tivéssemos apenas um inimigo, a princípio não conseguíamos conceber sua morte como um meio de nos livrar dele. Tal missão, embora muito difícil de se concretizar, foi a única que naturalmente fomos obrigados a contemplar.

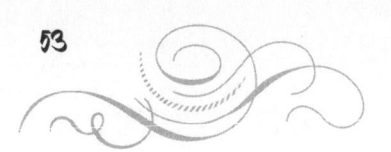

— Deliberamos sobre vários outros caminhos a tomar, mas não conseguimos nos decidir por nenhum e, submetendo-nos ao que Deus quisera ordenar para nosso destino, passamos o dia percorrendo a ilha, alimentando-nos de frutas e plantas, como no dia anterior. À noite, procuramos algum lugar para nos abrigar, porém não encontramos nada que nos servisse para e, relutantes, fomos obrigados a retornar ao palácio.

— O gigante também lá voltou e, uma vez mais, jantou um de nossos companheiros. Em seguida, adormeceu e roncou até o raiar do dia, quando saiu e nos deixou como já o fizera antes. Nossa situação nos parecia tão terrível que vários de nossos camaradas estavam a ponto de se jogar no mar para não ter de aguardar por uma morte tão bizarra, incitando muitos outros a seguir esse conselho. Mas um dos presentes, tomando então a palavra, disse: "Não nos é permitido buscar a morte por nós mesmos e, mesmo que o fosse, não seria mais razoável pensar em meios de nos livrar do bárbaro que nos destina a uma morte tão funesta?".

— Como, naquele instante, surgiu-me na mente um plano com tal intento, comuniquei-o aos meus camaradas, que o aprovaram. "Meus irmãos", disse-lhes então, "vocês sabem que podemos encontrar muita madeira ao longo da costa. Se confiam em mim, vamos construir várias jangadas que possam nos levar daqui e, quando estiverem prontas, vamos deixá-las na praia até encontrar o momento adequado para usá-las. Nesse meio-tempo, cumpriremos o plano que lhes propus para nos livrar do gigante; se o plano der certo, podemos ficar esperando aqui mesmo até que algum navio nos leve desta ilha mortal; se, ao contrário, falharmos, poderemos alcançar sem demora nossas jangadas e nos lançaremos ao mar. Confesso que, expondo-nos à fúria das ondas em embarcações tão frágeis, corremos o risco de perder a vida; mas, se devemos perecer, não é mais doce nos deixar enterrar no mar do que nas entranhas desse monstro que já devorou dois de nossos companheiros?" Meu conselho foi seguido, e construímos algumas jangadas capazes de transportar três pessoas cada.

— Voltamos ao palácio no fim do dia e, pouco depois de nós, chegou o gigante.

Ainda tivemos que nos sujeitar a ver um de nossos camaradas assando. Enfim, de qualquer modo, eis como nos vingamos da crueldade do gigante: depois de terminar sua detestável ceia, ele se deitou de costas e adormeceu; assim que o ouvimos roncar, como era seu costume, nove companheiros — dentre os mais corajosos do grupo — e eu pegamos um espeto cada um, colocando as pontas no fogo para fazê-los arder e, depois, os enfiamos no olho do gigante ao mesmo tempo, arrancando-os logo depois.

— A dor que o gigante sentiu fez com que ele soltasse um grito terrível. Ele se levantou abruptamente e estendeu as mãos em todas as direções para agarrar qualquer um de nós, para nos sacrificar à sua raiva. Mas tivemos tempo de nos afastar dele e nos jogar no chão, metendo-nos em lugares em que ele não poderia nos encontrar sob seus pés. Depois de nos procurar em vão, ele tateou a porta e saiu urrando terrivelmente.

Sherazade não disse mais nada naquela noite. Mas, na noite seguinte, ela retomou a história:

— Saímos do palácio atrás do gigante — continuou Simbá — e fomos até a costa, no local onde estavam nossas jangadas. Antes de tudo, nós as colocamos na água, e contávamos esperar o raiar do dia para nos lançar sobre elas, a não ser que víssemos o gigante vindo em nossa direção com algum guia de sua própria espécie. Se ele não aparecesse até o sol nascer ou se parássemos de ouvir seus gemidos — que ainda continuavam a ressoar em nossos ouvidos — seria sinal certo de que ele perdera a vida e, nesse caso, tínhamos a intenção de ficar na ilha, e não teríamos que nos arriscar em nossas jangadas. Porém o sol mal despontara no horizonte quando vimos nosso cruel inimigo, conduzido por dois gigantes, mais ou menos do seu tamanho, e acompanhado por uma grande quantidade de outros da mesma espécie, caminhando a passos apressados à frente dele.

— Diante dessa visão, não hesitamos em nos lançar em nossas jangadas e começamos a nos afastar da costa à custa de muito remar. Os gigantes, notando o que estávamos fazendo, muniram-se de grandes pedras, correram para a margem — chegando até mesmo a mergulhar na água até a metade do corpo — e as jogaram contra nós com tanta habilidade que, à exceção da jangada em que eu estava, todas as outras foram despedaçadas, e os homens a bordo morreram afogados. Quanto a mim e meus dois companheiros, como remávamos com todas as nossas forças, conseguimos avançar mais longe mar adentro, além do alcance das pedras.

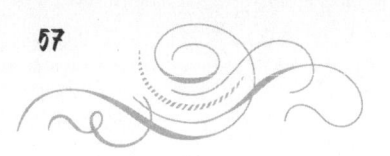

— Quando estávamos em mar aberto, tornamo-nos brinquedos do vento e das ondas, que ora nos jogavam para um lado, ora para o outro, e passamos aquele dia e a noite posterior em uma cruel incerteza quanto ao nosso destino. Mas, no dia seguinte, tivemos a sorte de ser empurrados para uma ilha onde, com enorme alegria, conseguimos nos salvar. Encontramos ali excelentes frutos, que nos ajudaram enormemente a reparar as forças que havíamos perdido.

— À noite, adormecemos à beira-mar. Entretanto, fomos acordados pelo som de uma serpente do tamanho de uma palmeira, que deixava as marcas de suas escamas na terra ao rastejar no chão. Ela se encontrava tão perto de nós que engoliu um dos meus dois colegas, apesar dos gritos e dos esforços que ele fizera para se livrar da cobra, que, sacudindo-o diversas vezes, esmagou-o contra o chão e acabou por devorá-lo. O outro colega e eu começamos a fugir imediatamente e, mesmo bem longe, ouvimos por algum tempo depois um barulho que nos fez pensar que a serpente estava cuspindo os ossos do infeliz que surpreendera. De fato, nós os vimos no dia seguinte, horrorizados. "Ó, Deus", exclamei eu, então, "a que nos sujeitamos! Ontem, estávamos felizes por ter nossa vida a salvo da crueldade de um gigante e da fúria das águas e, agora, caímos em um perigo igualmente terrível!"

— Enquanto caminhávamos, percebemos uma árvore grande e muito alta, na qual planejamos passar a noite seguinte, por questão de segurança. Como no dia anterior, comemos novamente frutas e, no fim do dia, subimos na árvore. Logo ouvimos a cobra, que veio sibilando até o pé da árvore em que estávamos. Ela levantou o corpo contra o tronco e, encontrando meu colega, que estava em um ponto mais baixo do que eu, engoliu-o de uma só vez e foi embora.

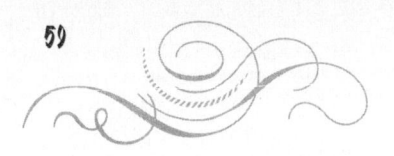

— Fiquei onde estava até o raiar do dia, e então desci, mais morto do que vivo. Na verdade, eu não podia esperar outro destino senão o de meus dois companheiros e, com esse pensamento me fazendo estremecer de horror, dei alguns passos para me jogar no mar. Mas, como é doce viver tanto quanto possível, resisti a esse movimento de desespero e me submeti à vontade de Deus, que dispõe da nossa vida como lhe apraz.

— Nesse ínterim, continuei a recolher grande quantidade de pedaços de madeira e espinheiros secos. Fiz vários feixes deles, amarrando-os uns aos outros em um grande círculo ao redor da árvore, aproveitando para prender alguns sobre minha cabeça, cobrindo-a completamente. Depois, confinei-me dentro desse círculo ao anoitecer, com o triste consolo de não ter me descuidado de nada para me proteger da cruel fatalidade que me ameaçava. Como esperava, a serpente retornou e circulou a árvore, com o intuito de me devorar. Mas nada conseguiu, em virtude da muralha que eu construíra ao meu redor e, até o amanhecer, portou-se em vão como um gato que assedia um rato à entrada de um esconderijo que não é capaz de invadir. Finalmente, chegado o dia, retirou-se. Contudo, eu não me atrevi a deixar meu forte até o sol aparecer por completo.

— Estava tão cansado do esforço que ela me havia forçado a fazer, e sofrera tanto com seu hálito venenoso que, parecendo-me preferível a morte a todo aquele horror, afastei-me da árvore e, sem me lembrar do quão resignado estava na véspera, corri para o mar com a intenção de me jogar de cabeça nas águas.

A essas palavras, Sherazade, vendo que era dia, interrompeu a fala. No dia seguinte, continuou a história, dizendo ao sultão:

— Meu senhor, Simbá, continuando sua terceira jornada, disse:

— Deus foi tocado por meu desespero. Quando eu estava prestes a me jogar no mar, avistei um navio a certa distância da costa. Gritei com todas as minhas forças para me fazer ouvir e desenrolei o tecido do meu turbante para que me vissem. Meu esforço não se mostrou inútil: toda a tripulação me viu, e o capitão enviou um bote para me resgatar. Quando eu estava a bordo, os mercadores e marujos me perguntaram ansiosamente por que razão eu fora parar naquela ilha deserta e, depois que eu lhes contei tudo o que acontecera comigo, os mais velhos disseram já ter ouvido falar inúmeras vezes acerca dos gigantes que habitavam aquela ilha, e que tinham certeza de que eram canibais e comiam homens crus e assados. Quanto às cobras, acrescentaram que havia muitas por ali e que elas se escondiam durante o dia, reaparecendo à noite. Depois que me afirmaram estar muito felizes em me ver escapar de tantos perigos, como não tinham dúvidas de que eu precisava comer, apressaram-se em me alimentar com o que tinham de melhor; e o capitão, vendo que minhas vestes estavam completamente em frangalhos, teve a generosidade de me oferecer um de seus trajes.

— Navegamos no mar por algum tempo, passando por várias ilhas e, por fim, desembarcamos em Salahat, de onde se obtém o sândalo, que é uma madeira de grande uso medicinal. Adentramos o porto e lá ancoramos. Comerciantes começaram a desembarcar seus produtos para vender ou negociar. Nesse momento, o capitão me chamou e disse: "Meu irmão, tenho a bordo alguns bens que pertenciam a um mercador que navegou por algum tempo em meu navio; como esse comerciante está morto, quero avaliá-los para prestar contas a seus herdeiros, quando os encontrar". Os fardos que ele mencionara já se encontravam no convés, e ele os mostrou para mim, dizendo: "Eis os bens em questão. Espero que você faça a gentileza de se comprometer a negociá-los, sob a condição de ter direito à paga pelo trabalho que terá". Consenti em fazê-lo, agradecendo-lhe por ter me dado uma oportunidade de não ficar ocioso.

— O escrivão do navio registrava todos os fardos com o nome dos mercadores a quem pertenciam. Ao perguntar ao capitão com que nome queria que fossem registrados os bens que ele acabara de me entregar, o capitão lhe respondeu: "Registre-os sob o nome de Simbá, o marujo". Não pude deixar de me comover ao ouvir meu nome e, olhando para o capitão, reconheci-o como aquele que, em minha segunda viagem, havia me abandonado na ilha onde adormecera à beira de um riacho, zarpando novamente sem me esperar ou pedir que fossem me procurar. De início, eu não o havia identificado, em razão da mudança que ocorrera em sua figura desde a última vez que o vira.

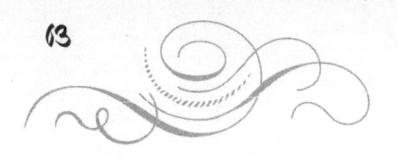

— Agora, quanto a ele, que pensava que eu estava morto, não deveria ser nenhuma surpresa não ter podido me reconhecer. "Meu capitão", disse-lhe eu, "o comerciante a quem pertenciam estes fardos se chamava Simbá?" "Sim", respondeu ele, "era esse seu nome. Ele era de Bagdá e havia embarcado em meu navio em Baçorá. Certo dia, quando descemos em uma ilha para buscar água e nos refrescar, não sei por que mal-entendido voltei a zarpar sem perceber que ele não havia reembarcado com os outros. Nós fomos perceber, os mercadores e eu, apenas quatro horas depois. Navegávamos de vento em popa, com tamanha força que não nos era possível mudar de rumo para resgatá-lo." "Então você acredita que ele esteja morto?", retruquei. "Certamente", afirmou ele. "Pois bem, meu capitão", respondi então, "abra seus olhos e reconheça o tal Simbá que deixou naquela ilha deserta. Adormeci à beira de um riacho e, quando acordei, não vi mais ninguém da tripulação." Ao me ouvir dizer essas palavras, o capitão me olhou fixamente.

Nesse instante, Sherazade, percebendo que já era dia, viu-se obrigada a ficar em silêncio. No dia seguinte, ela retomou o fio da narrativa assim:

— O capitão, disse Simbá, depois de ter olhado para mim com muita atenção, finalmente me reconheceu. "Deus seja louvado!", exclamou ele, abraçando-me, "estou muito feliz que a fortuna tenha reparado minha falta. Eis aqui seus bens, que sempre cuidei de conservar e avaliar em todos os portos onde desembarquei. Devolvo-os a você com o lucro que obtive com eles." Peguei-os de volta, mostrando ao capitão toda a gratidão que lhe devia.

— Da ilha de Salahat, fomos para outra, em que me abasteci com cravo, canela e outras especiarias. Quando nos afastamos dela, vimos uma tartaruga que tinha quase dez metros,

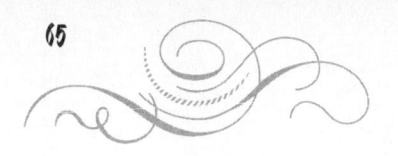

tanto de comprimento como de largura.
Notamos também um peixe parecido com uma
vaca, pois dava leite e tinha uma pele tão dura
que costuma ser usada para fazer escudos.
Cheguei até mesmo a ver outro que tinha o
rosto e a cor de um camelo. Finalmente, depois
muito navegar, cheguei a Baçorá e, de lá, voltei
a esta cidade de Bagdá com tantas riquezas
que ignorava o montante total. Ofereci ainda
uma considerável quantidade aos pobres, e
acrescentei outras grandes terras àquelas que
já havia adquirido.

    Simbá completou assim o relato de
sua terceira viagem. Deu então mais cem
lantejoulas a Hindbad, convidando-o para
o banquete do dia seguinte, com a narrativa
da quarta viagem. Hindbad e companhia
se retiraram e, no dia subsequente, ao
retornarem, Simbá retomou a palavra ao fim
do jantar, continuando suas aventuras.

4ª VIAGEM DE
Simbá,
O MARUJO

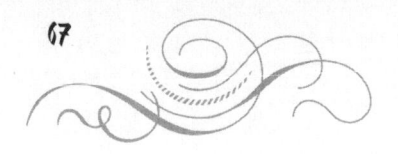

— Os prazeres — disse ele — e as diversões de que desfrutei após minha terceira viagem não ofereceram encantos com poder suficiente para me convencer a não viajar mais. Novamente me deixei levar pela paixão pelo comércio e por ver coisas novas. Então coloquei meus negócios em ordem e, tendo feito um estoque de mercadorias para vender nos lugares aonde pretendia ir, parti. Tomei o caminho da Pérsia, atravessando várias de suas províncias, e cheguei a um porto marítimo, onde por fim embarquei.

SIMBÁ,
o Marujo

Pusemo-nos a navegar e, certo dia, na metade de um longo trajeto — depois de haver passado por vários portos do continente e algumas ilhas do Oriente — fomos surpreendidos por uma rajada de vento que obrigou o capitão a baixar as velas e dar todas as ordens necessárias para prevenir o perigo que nos ameaçava. Todas as nossas precauções foram inúteis, porém — as manobras feitas fracassaram, as velas se despedaçaram em mil pedaços e a embarcação, incapaz de ser conduzida, encalhou e quebrou de tal maneira que uma grande quantidade de mercadores e marujos se afogou, perecendo também a carga.

Sherazade contava essa parte quando viu o amanhecer. Então ela interrompeu a narrativa, e Schahriar partiu. Na noite seguinte, ela retomou assim o relato da quarta viagem:

— Tive a sorte — continuou Simbá — assim como vários outros mercadores e marujos, de me segurar em uma prancha. Fomos todos levados pela correnteza até uma ilha que estava à nossa frente. Encontramos ali frutas e água doce, suficientes para restaurar nossas forças. À noite, descansamos ali mesmo, no ponto em que o mar nos havia lançado, sem ter podido tomar qualquer decisão sobre o que deveríamos fazer. O desânimo que sentíamos pela desgraça que recaíra sobre nós nos impediu de fazê-lo.

— No dia seguinte, assim que o sol nasceu, afastamo-nos da costa e, avançando sobre a ilha, avistamos algumas habitações, para onde nos dirigimos. Na nossa chegada, grande número de habitantes locais veio em nossa direção, cercou-nos, agarrou-nos, fez uma espécie de divisão entre si e, depois, conduziu-nos para sua respectiva casa.

— Cinco de meus colegas e eu fomos levados para o mesmo lugar. Antes de tudo, fizeram-nos sentar e nos serviram uma erva qualquer, convidando-nos a comê-la por meio de sinais. Meus colegas, sem perceber que aqueles que nos serviam não estavam comendo, simplesmente consultaram a própria fome — que os massacrava — e se lançaram com avidez aos pratos. Quanto a mim, por pressentimento de alguma artimanha, não quis nem sequer prová-los, e fiz bem, pois logo depois a sanidade de meus colegas havia se transformado, e eles, ao falar comigo, não pareciam saber o que diziam.

— Serviram-nos então arroz, preparado com óleo de coco, e meus camaradas, que já haviam perdido a razão, esbaldaram-se de comer. Também comi dessa vez, mas muito pouco. Os habitantes do local tinham nos oferecido a tal erva antes para confundir nossa mente e, assim, aliviar-nos da dor que nos causaria a triste consciência de nosso destino, dando-nos depois o arroz para que engordássemos. Como eram canibais, sua intenção era nos comer assim que estivéssemos mais gordos. E foi o que aconteceu com meus colegas, que ignoraram seu destino ao perder o bom senso. Como mantive a razão — como podem perceber, caros senhores — em vez de engordar como os outros, emagreci ainda mais. O medo da morte, que me assaltava sem cessar, transformava em veneno toda a comida que eu comia. Caí em uma prostração que me foi muito saudável, pois os habitantes locais, depois de ter nocauteado e comido meus companheiros, nada mais fizeram, adiando minha morte para mais tarde ao me verem seco, emaciado e doente.

— Nesse meio-tempo, eu desfrutava de muita liberdade, e quase ninguém notava minhas ações. Isso me levou, determinado dia, a sair da morada dos habitantes e escapulir. Um velho, ao me ver e suspeitar de meu objetivo, gritou com todas as forças para que eu voltasse, mas, em vez de obedecê-lo, redobrei meus passos, e não tardou muito para que me encontrasse fora do alcance de sua vista. Naquele momento, apenas esse velho se encontrava nas habitações, ao passo que o restante deles tinha saído, não voltando até o fim do dia, algo que costumava fazer com bastante frequência. Por isso, tendo a certeza de que não chegariam a tempo de correr atrás de mim quando soubessem da minha fuga, caminhei até o anoitecer, quando então parei para descansar um pouco e comer algumas provisões de que havia me abastecido. Porém logo retomei minha jornada e continuei a caminhar por sete dias, evitando os lugares que me pareciam habitados. Vivia à base de coco, que, ao mesmo tempo, fornecia-me o que beber e comer.

— No oitavo dia, consegui chegar perto do mar e, subitamente, avistei gente parecida comigo, todos ocupados com a colheita de pimenta, que abundava naquela região. Essa ocupação me parecia bom sinal, e não tive dificuldade em abordá-los.

Sherazade interrompeu o relato naquela noite e, na seguinte, continuou a narrativa nos seguintes termos:

— As pessoas que colhiam pimenta — continuou Simbá — vieram ao meu encontro assim que me viram, e perguntaram-me em árabe quem eu era e de onde vinha. Encantado por ouvi-los falar minha língua, satisfiz de bom grado sua curiosidade, contando-lhes como tinha naufragado e vindo para esta ilha, onde caíra nas mãos dos habitantes locais. "Mas esses habitantes", disseram-me eles, "comem homens. Qual foi o milagre que fez com que você escapasse da crueldade deles?" Contei-lhes então a mesma história que vocês acabam de ouvir, deixando-os maravilhados de tanta surpresa.

— Permaneci com eles até colherem a quantidade de pimenta que quisessem. Em seguida, eles me fizeram embarcar no navio que os trouxera até ali, e fomos para outra ilha, de onde tinham vindo. Apresentaram-me ao rei deles, um honrado monarca. Ele teve a paciência de ouvir a história de minha aventura, que também o surpreendeu. Ofereceu-me então algumas roupas e ordenou que tomassem conta de mim.

— A ilha onde eu estava era densamente povoada, abundante em todo tipo de coisa, e havia intenso comércio na cidade onde o rei morava. Esse agradável refúgio começou a me consolar de minha desgraça, e a bondade que o generoso monarca tinha para comigo acabou por me fazer feliz. De fato, não havia ninguém que fosse melhor do que eu na mente dele, portanto não havia ninguém em sua corte ou na cidade que não procurasse uma oportunidade para me agradar. Assim, logo fui considerado um homem nascido naquela ilha, e não um forasteiro.

— Percebi algo que me pareceu muito extraordinário. Todos, até o rei, cavalgavam sem rédeas ou estribos. Isso me fez tomar a liberdade de lhe perguntar certo dia por que sua majestade não fazia uso dessas comodidades. Ele respondeu então que eu lhe falava a respeito de coisas cujo uso era desconhecido em seus domínios.

— Assim, fui imediatamente atrás de um artesão, e o mandei cortar um pedaço de madeira segundo o modelo de uma sela que havia lhe dado. Feito o molde de madeira da sela, eu mesmo a guarneci de enchimento e couro, enfeitando-a com bordados de ouro. Dirigi-me então a um serralheiro, que produziu freios de acordo com a forma que lhe apresentei, complementando-os com estribos também.

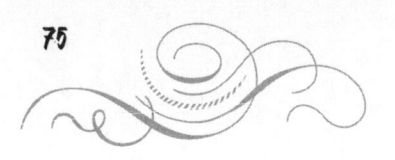

— Quando todas essas coisas estavam em perfeitas condições, mostrei-as ao rei, experimentando-as em um de seus cavalos. O monarca montou na sela e ficou tão satisfeito com aquela invenção que me mostrou sua alegria com grande generosidade. Não pude deixar de fazer várias selas para seus ministros e os principais funcionários de sua casa, e todos me ofereceram presentes, tornando-me rico em pouco tempo. Também fiz algumas delas para as pessoas mais qualificadas da cidade, aprimorando minha reputação junto a elas, fazendo-me ser apreciado por todos.

— Como eu saudava o rei com toda a formalidade, ele me disse determinado dia: "Simbá, tenho muita afeição por você, e sei que todos os meus súditos que o conhecem o estimam seguindo meu exemplo. Tenho um pedido a lhe fazer, e você deve conceder o que vou lhe pedir". "Meu senhor", respondi-lhe, "não há nada que eu não faça para expressar minha obediência à sua majestade, que tem poder absoluto sobre mim." "Quero casá-lo", respondeu o rei, "de modo que o matrimônio o faça permanecer em meus domínios, e você não pense mais em sua pátria." Como não ousei resistir à vontade do monarca, ele me ofereceu por esposa uma dama da corte, nobre, bela, sábia e rica. Terminadas as cerimônias nupciais, passei a residir com essa dama, e com ela vivi por certo tempo na mais perfeita união. Ainda assim, não me via muito feliz com minha situação. Meu intento era escapar na primeira oportunidade e voltar para Bagdá, pois minha conjuntura, por mais vantajosa que fosse, não era capaz de me fazer perder a memória.

— Assim vinha pensando quando a esposa de um dos meus vizinhos, com quem eu nutria uma amizade muito forte, adoeceu e morreu. Fui à casa dele para consolá-lo e, encontrando-o mergulhado na mais profunda aflição, disse-lhe ao me aproximar dele: "Que Deus o proteja, e lhe dê vida longa!". "Ai de mim", respondeu ele, "como espera que eu obtenha a graça que me deseja? Só tenho uma hora de vida." "Ah", respondi-lhe, "não meta um pensamento tão funesto em sua mente. Espero que isso não aconteça, e que eu tenha o prazer de tê-lo como amigo por ainda muito tempo." "Eu desejo", retrucou, "que sua vida seja muito longa. Quanto a mim, meus negócios estão concluídos, e lamento lhe informar que hoje mesmo vão me enterrar com minha mulher. Esse é o costume estabelecido por nossos antepassados nesta ilha, costume esse guardado religiosamente. O marido vivo é enterrado com a esposa morta, e a esposa viva, com o marido morto. Nada pode me salvar, todos estamos sujeitos a essa lei."

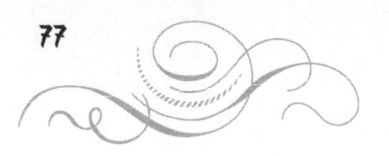

— Enquanto ele me relatava essa estranha barbaridade, cuja notícia me aterrorizou por tamanha crueldade, parentes, amigos e vizinhos chegaram em massa para assistir ao funeral. Eles vestiram o cadáver da mulher com suas roupas mais ricas, como no dia de seu casamento, e a enfeitaram com todas as suas joias. Carregaram-no então em um caixão descoberto, e a comitiva se pôs a caminhar. O marido se encontrava à frente do cortejo, acompanhando o corpo da esposa. Tomamos o caminho de uma alta montanha e, chegando lá, levantaram uma grande pedra que cobria a abertura de um poço profundo e baixaram o cadáver para dentro dele, sem remover nenhuma de suas roupas e joias. Em seguida, o marido abraçou os pais e amigos, e permitiu que o colocassem em um caixão, sem a mínima resistência, com um jarro d'água e sete pãezinhos ao seu lado. Então desceram seu esquife da mesma maneira que haviam feito com o da esposa. A montanha se espalhava por toda a extensão do mar, servindo-lhe de limite, e o poço era bastante profundo. Terminada a cerimônia, a pedra foi recolocada na abertura.

— Não será preciso lhes dizer, meus senhores, que fui uma testemunha muito triste desse funeral. Todas as outras pessoas que compareceram pareciam não se comover com tudo aquilo, acostumadas a ver tal coisa com frequência. Não pude deixar de dizer ao rei o que pensava a respeito. "Meu senhor", disse-lhe eu, "não seria capaz de me surpreender o suficiente com o estranho hábito que vocês têm em seus domínios de enterrar pessoas vivas com os mortos. Já viajei bastante, convivi com pessoas de uma infinidade de nações e nunca ouvi falar de uma lei tão cruel." "O que queria você, Simbá?", respondeu o rei, "trata-se de uma lei comum, e até mesmo eu estou sujeito a ela: serei enterrado vivo com a rainha, minha esposa, se ela morrer antes de mim." "Mas, meu senhor", disse-lhe, "ouso perguntar à sua majestade se os estrangeiros são obrigados a observar esse costume." "Sem dúvida", respondeu o rei, sorrindo com o motivo da minha pergunta, "eles não são excluídos quando se casam nesta ilha."

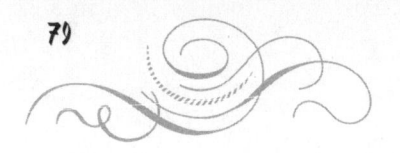

— Voltei para casa triste com essa resposta. O medo de que minha esposa morresse primeiro, e de que me enterrassem vivo com ela, fez-me refletir de maneira muito aflitiva. Contudo, qual seria a cura desse mal? Eu tinha que ser paciente e confiar na vontade de Deus. Ainda assim, tremia ao menor mal-estar que percebia em minha esposa. Mas, ai de mim, logo meu pavor foi completo. Ela ficou realmente doente, e morreu em poucos dias.

Ao dizer essas palavras, Sherazade encerrou a narrativa daquela noite. No dia seguinte, ela continuou a história assim:

— Imaginem minha dor! — continuou Simbá. — Ser enterrado vivo não me parecia menos deplorável do que ser devorado por canibais. No entanto, era algo que deveria ser feito. O rei, acompanhado de toda a corte, quis enaltecer o cortejo com sua presença, e as pessoas mais importantes da cidade também me deram a honra de assistir ao meu funeral.

— Quando tudo estava pronto para a cerimônia, o corpo de minha esposa foi colocado em um caixão com todas as suas joias e roupas mais magníficas. Começamos a andar. Como ator coadjuvante dessa lamentável tragédia, segui imediatamente o féretro de minha esposa, com os olhos banhados em lágrimas e lamentando meu infeliz destino. Antes de chegar à montanha, quis tentar conquistar a mente dos espectadores. Dirigi-me primeiro ao rei, depois a todos os que estavam ao meu redor e, curvando-me diante deles no chão para beijar a borda de seus mantos, implorei que tivessem compaixão de mim: "Considerem", disse-lhes eu, "que sou um estrangeiro e não deveria estar sujeito a uma lei tão rigorosa, tendo outra esposa e filhos em meu país natal". Não adiantava pronunciar essas palavras com um ar comovente, pois ninguém se sentia tocado com elas. Muito pelo contrário, apressaram-se a baixar o corpo de minha mulher no poço e, no momento seguinte, desceram-me no mesmo local em outro caixão descoberto, com uma vasilha cheia d'água e sete pães. Por fim, terminada essa cerimônia tão desastrosa, a pedra foi recolocada na abertura do poço, apesar de minha incomensurável dor e meus aflitivos lamentos.

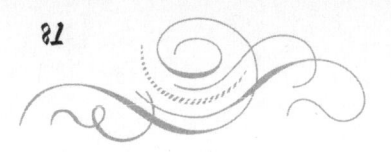

— Ao me aproximar do fundo, descobri, graças à pouca luz que vinha do alto, a disposição daquele local subterrâneo. Tratava-se de uma gruta muito grande, que poderia muito bem ter pouco mais de vinte metros de profundidade. Logo senti um fedor insuportável, que emanava da infinidade de cadáveres que se via à direita e à esquerda. Pensei até mesmo ter ouvido algumas das últimas pessoas baixadas vivas ali darem os últimos suspiros. No entanto, quando estava lá embaixo, rapidamente saí do caixão e me afastei dos cadáveres, tapando o nariz. Atirei-me ao chão, onde permaneci por muito tempo, imerso em lágrimas. Então, refletindo sobre meu triste destino, disse: "É verdade que Deus dispõe de nós de acordo com os decretos de sua providência. Mas, pobre Simbá, não é por sua própria culpa que se vê reduzido a ter um destino tão estranho? Quisera Deus que você tivesse morrido em um dos naufrágios dos quais escapou! Assim, não teria que perecer de modo tão lento e terrível em todas as suas circunstâncias. Mas você atraiu para si mesmo esse fim, com sua maldita avareza. Ah, miserável, não teria preferido ficar em casa e desfrutar tranquilamente do fruto de seus esforços?".

— Essas eram as queixas inúteis com as quais eu fazia ressoar a gruta, batendo na cabeça e no estômago de raiva e desespero e me abandonando inteiramente aos pensamentos mais desoladores. No entanto — o que mais posso lhes dizer? — em vez de clamar para que a morte viesse em meu socorro, por mais aflito que eu me sentisse, o amor pela vida ainda se fazia sentir em mim e me levava a prolongar meus dias. Tateei meu caminho e, tapando o nariz, peguei o pão e a água que estavam em meu caixão e os comi.

— Embora a escuridão que reinasse na caverna fosse tão densa que não era possível distinguir o dia da noite, consegui encontrar meu caixão, e me pareceu que a caverna era mais espaçosa e cheia de cadáveres do que parecera quando lá cheguei. Vivi alguns dias à base de pão e água, mas, por fim, não havendo mais nada para comer e beber, preparava-me para morrer...

SIMBÁ,
o Marujo

Sherazade parou a história nessas últimas palavras. Na noite seguinte, retomou a narrativa, nos seguintes termos:

— Estava apenas esperando a morte — continuou Simbá — quando ouvi a pedra ser levantada. Um cadáver e uma pessoa viva foram baixados. O morto era um homem. É natural tomar resoluções extremas em momentos extremos: quando a mulher foi baixada, aproximei-me do local onde pousaria seu caixão e, ao notar que tapavam a abertura do poço, dei dois ou três golpes na cabeça da infeliz mulher com um grande osso que eu tinha agarrado. Ela ficou atordoada... Digamos a verdade, eu a matei e, como só estava fazendo esse ato desumano para lhe tomar o pão e a água que se encontravam no caixão, consegui provisões para mais alguns dias. Ao fim desse tempo, uma mulher morta e um homem vivo foram baixados para o poço novamente. Matei o homem da mesma maneira, e como, felizmente para mim, havia então uma espécie de surto de mortalidade na cidade, fiz com que não me faltasse comida, executando sempre a mesma artimanha.

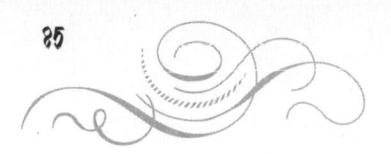

— Certo dia, quando acabava de despachar outra mulher, escutei respiração e passos. Caminhei para os lados de onde vinha o barulho e ouvi então uma respiração mais forte e pensei ter vislumbrado algo voando. Segui essa espécie de sombra, que parava de vez em quando, bufando e fugindo quando me aproximava. Persegui-a por tanto tempo e cheguei tão longe que finalmente avistei uma luz, que mais parecia uma estrela. Continuei a caminhar na direção da luz, por vezes a perdendo de vista conforme passava por obstáculos que a ocultavam, mas sempre a encontrava novamente e, por fim, descobri que vinha de uma abertura na rocha, larga o suficiente para me dar passagem.

— Ao fazer essa descoberta, parei um pouco para me recuperar da violenta emoção que se apossara de mim. Então, tendo avançado até a abertura, atravessei-a e me encontrei à beira-mar. Imaginem quão grande era minha alegria, tão grande que tive dificuldade em me convencer de que não se tratava de pura fantasia. Quando me assegurei de que era algo real e meus sentidos foram restaurados ao seu estado normal, percebi que a coisa que eu ouvira respirar, e que havia seguido, era algum animal marinho que costumava entrar na caverna para se banquetear com os cadáveres.

— Examinei a montanha e notei que se situava entre a cidade e o mar, sem nenhuma via de comunicação, pois era tão íngreme que a natureza a tornara intransitável. Ajoelhei-me na praia para agradecer a Deus a graça que acabara de me conceder. Voltei então à gruta para pegar um pouco de pão, retornando à praia para comer à luz do dia, com um apetite mais aguçado do que jamais tivera até ter sido enterrado vivo naquele lugar tenebroso.

— Voltei novamente à gruta e fui recolher dos caixões todos os diamantes, rubis, pérolas, pulseiras de ouro, enfim, todas as riquezas que encontrei à mão. Levei tudo para beira-mar, fiz vários fardos, amarrados cuidadosamente com a grande quantidade de cordas que haviam servido para baixar os caixões. Deixei-os na praia, à espera de uma boa oportunidade, sem temer que a chuva os estragasse, pois não era então a estação chuvosa.

— Ao cabo de dois ou três dias, avistei um navio que acabava de sair do porto, e que passou bem perto do local onde eu estava. Acenei com a fita de meu turbante e gritei com todas as minhas forças para me fazer ouvir. Ouviram-me e soltaram o bote para vir me buscar. À pergunta que os marinheiros me fizeram, por que desgraça me encontrava naquele lugar, respondi que havia me salvado de um naufrágio dois dias antes com as mercadorias que eles viam comigo. Felizmente para mim, essas pessoas se contentaram com minha resposta e me levaram com elas, acompanhado de meus fardos, sem nem sequer examinar o lugar onde eu estava ou conjecturar se o que lhes dissera era plausível.

**SIMBÁ,
o Marujo**

— Quando chegamos a bordo, o capitão, satisfeito por ter me feito tamanho favor e ocupado com o comando do navio, também se mostrou gentil o bastante para acreditar no suposto naufrágio que eu dissera ter sofrido. Ofereci-lhe algumas das minhas pedras preciosas, mas ele não quis aceitá-las.

— Passamos por várias ilhas e, entre outras, pela ilha dos Sinos, a dez dias — seguindo um vento corriqueiro e constante — de Serendib[II], e a seis dias da ilha de Kela, onde desembarcamos. Nessa ilha, encontra-se minas de chumbo, cana-da-índia e excelente cânfora.

— O rei da ilha de Kela é muito rico, muito poderoso, e sua autoridade se expande por toda a ilha dos Sinos, que tem dois dias de extensão, e cujos habitantes ainda são tão bárbaros que comem carne humana. Depois de ter feito ótimos negócios naquela ilha, voltamos a navegar e desembarcamos em vários outros portos. Por fim, cheguei muito

---

II Antigo nome persa do Sri Lanka. (N. do T.)

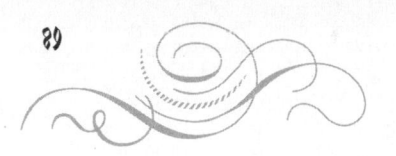

feliz a Bagdá, com infinitas riquezas, cujos detalhes seria inútil comentar. Para agradecer a Deus pelos favores que me fizera, ofereci grandes esmolas, tanto para a manutenção de inúmeras mesquitas como para a subsistência dos pobres, e me dediquei de corpo e alma a meus familiares e amigos, divertindo-me e desfrutando de boa comida com eles.

    Simbá terminou nesse ponto a história de sua quarta viagem, que causou ainda mais admiração aos seus ouvintes do que as três anteriores. Ele ofereceu um novo donativo de cem lantejoulas a Hindbad, pedindo-lhe, como antes, que voltasse à mesma hora no dia seguinte para jantar em sua casa e ouvir os detalhes da quinta viagem. Hindbad e os outros convidados se despediram dele e se retiraram. No outro dia, quando estavam todos reunidos, sentaram-se à mesa e, no fim da refeição, que durou não menos do que as outras, Simbá começou a história de sua quinta viagem deste modo:

5ª VIAGEM DE
Simbá,
O MARUJO

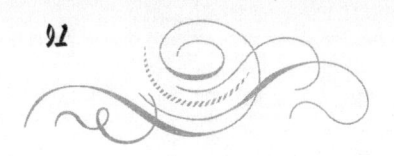

— Os prazeres — disse ele — ainda tinham encantos suficientes para apagar da minha memória todas as dores e males que sofrera, sem ser capaz de suplantar o desejo de fazer novas viagens. Por isso, comprei mercadorias, mandei embalá-las e carregá-las em carroças, e fui com elas para o primeiro porto marítimo. Lá, para não depender de nenhum capitão e ter um navio sob meu comando, fiz com que construíssem e equipassem uma embarcação à minha custa.

Feito isso, carreguei meu navio, embarquei nele e, como não tinha o suficiente para um carregamento completo, recebi vários mercadores, de diferentes nações, com suas mercadorias.

— Zarpamos ao primeiro vento bom que soprou. Depois de longa navegação, o primeiro lugar em que pousamos foi uma ilha deserta, onde encontramos o ovo de uma roca do mesmo tamanho daquele de que já me ouviram falar. Continha um filhote prestes a eclodir, e cujo bico começava a aparecer.

Ao dizer essas palavras, Sherazade se calou, pois já amanhecia nos aposentos do sultão da Índia. Na noite seguinte, ela retomou a narrativa.

— Simbá, o marujo — disse ela — continuando a relatar a quinta viagem, disse: "Os mercadores que embarcaram em meu navio e desembarcaram comigo quebraram o ovo com grandes golpes de machados, fazendo uma abertura na casca, pela qual puxaram a pequena roca aos pedaços, pondo-os para assar. Eu os advertira seriamente para não tocar no ovo, mas eles não quiseram me ouvir.

— Mal terminaram de se fartar com a guloseima, surgiram no ar, bem longe de nós, duas grandes nuvens. O capitão que contratara para conduzir meu navio, sabendo por experiência o que aquilo significava, exclamou que se tratava do pai e da mãe da pequena roca, e exortou todos a embarcar o mais rápido possível, evitando o infortúnio que ele previa. Seguimos seu conselho com avidez e voltamos a navegar sem demora.

— No entanto, as duas rocas se aproximaram soltando gritos terríveis, urros que redobraram ao perceber o estado em que o ovo se encontrava e que o filhote não estava mais lá. Para se vingar, retomaram o voo na direção de onde haviam vindo e desapareceram por um tempo, enquanto nós lançávamos força nas velas para nos afastar e impedir o que por fim acabou acontecendo.

— Elas voltaram, e percebemos que cada uma segurava entre as garras um enorme pedaço de pedra. Quando se viram precisamente acima do meu barco, pararam e, flutuando em pleno ar, uma delas deixou cair o rochedo que segurava. Graças à habilidade do timoneiro, que virou o leme do navio a um só golpe, a pedra não caiu sobre a embarcação, tombando sobre o mar, que se abriu de tal forma que conseguimos lhe ver o fundo. A outra ave, para nosso infortúnio, deixou cair a pedra bem no meio da nau, fragmentando-a em mil pedaços. No mesmo instante, os marujos e passageiros foram todos esmagados, ou submergiram. Eu mesmo afundei, mas, ao retornar à superfície da água, tive a sorte de me agarrar a um dos destroços do barco. Assim, amparando-me ora com uma mão, ora com a outra, sem largar o que estava segurando e ajudado com o vento e a correnteza favoráveis, cheguei finalmente a uma ilha cuja costa era muito escarpada. No entanto, superei essa dificuldade e escapei.

— Sentei-me na grama para me recuperar um pouco do cansaço. Em seguida, levantei-me e avancei ilha adentro para fazer o reconhecimento do terreno. Eu parecia estar em um jardim encantador: por toda parte via árvores, algumas carregadas de frutos verdes e outras, de flores, e riachos de água doce e límpida, que faziam lindos meandros. Comi os frutos, que achei excelentes, e bebi aquela água que me convidava a me esbaldar.

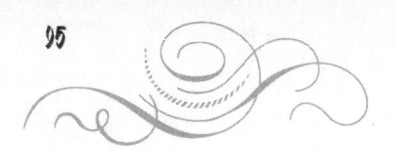

— Ao cair da noite, deitei-me na grama, em um local bastante confortável. Mas não consegui dormir uma hora inteira e, por diversas vezes, meu sono era interrompido pelo medo de me ver sozinho em um lugar tão deserto. Assim, passei a maior parte da noite me lamentando e me censurando pela imprudência de não ter ficado em casa em vez de ter feito esta última viagem. Essas reflexões me levaram tão longe que comecei a traçar um plano contra minha própria vida; porém o dia, com sua luz, dissipou meu desespero. Levantei-me e caminhei por entre as árvores, mas ainda com certa apreensão.

— Quando me encontrei um pouco mais longe ilha adentro, vi um velho que me pareceu bastante esgotado. Ele estava sentado à beira de um riacho. A princípio, imaginei que fosse alguém que tivesse naufragado como eu. Aproximei-me dele, cumprimentei-o e ele apenas acenou com a cabeça. Perguntei-lhe o que estava fazendo ali, contudo, em vez de me responder, fez-me sinal para carregá-lo nos ombros até o outro lado do riacho, dando-me a entender que queria colher algumas frutas.

— Achei que ele precisava que eu lhe fizesse esse favor. Por isso, depois de carregá-lo nas costas, atravessei o riacho. "Desça", disse-lhe eu então, curvando-me para facilitar sua descida. Mas, em vez de me deixar pousá-lo no chão — ainda rio disso cada vez que penso no ocorrido — o velho, que me parecia decrépito, passou com toda a agilidade ao redor do meu pescoço suas duas pernas, cuja pele parecia com o pelo de uma vaca, e montou em meus ombros, apertando minha garganta com tanta força que parecia querer me estrangular. Nesse instante, o medo se apoderou de mim e caí desmaiado.

Sherazade foi obrigada a parar a narrativa, já que o dia começava a amanhecer. Ela continuou a história na noite seguinte:

— Apesar do meu desmaio — disse Simbá — o velho inoportuno ainda permaneceu preso ao meu pescoço, simplesmente abrindo um pouco as pernas para me dar chance de recobrar a consciência. Quando restabeleci meus sentidos, ele pressionou um dos pés com força contra meu estômago e, com o outro, atingiu-me na costela sem piedade, obrigando-me a levantar contra a minha vontade. De pé, fez com que eu caminhasse sob as árvores, parando para colher e comer as frutas que encontrávamos. Durante o dia, ele não me largava e, à noite, quando eu queria descansar, deitava-se comigo no chão, sempre agarrado ao meu pescoço. Todas as manhãs, sem exceção, ele me empurrava para me acordar, fazendo-me então levantar e andar, pressionando-me com os pés. Imaginem, meus senhores, a dor que eu sentia ao me ver carregado com um fardo desses, sem ser capaz de me livrar dele.

— Certo dia, quando encontrei várias abóboras secas no caminho, caídas de uma árvore ainda carregada de alguns frutos, recolhi uma delas, bastante grande e, depois de tê-la limpado muito bem, espremi em seu interior o suco de vários cachos de uva, fruta que a ilha produzia em abundância e que encontrávamos a cada passo dado. Depois de encher a abóbora de suco, coloquei-a em um lugar onde tornaria a voltar, pois intentava conduzir o velho até ali alguns dias depois. Lá chegando, peguei a abóbora e, levando-a à boca, bebi um excelente vinho, que me fez esquecer por algum tempo a dor mortal que me afligia. Aquilo me deu forças. Fiquei tão feliz que comecei a cantar e pular enquanto caminhava.

— O velho, notando o efeito que aquela bebida tinha produzido em mim e que eu o carregava com mais agilidade do que de costume, fez-me sinal para lhe dar de beber do vinho: apresentei-lhe a abóbora, ele bebeu e, como a bebida lhe parecera agradável, engoliu-a até a última gota. Havia o suficiente para embriagá-lo, e foi o que aconteceu; assim que os humores do vinho lhe subiram à cabeça, ele começou a cantar em sua língua e dançar nos meus ombros. Os solavancos que ele gerava no próprio corpo o faziam revirar o que tinha no estômago, e suas pernas foram relaxando pouco a pouco, de modo que, vendo que ele não estava mais me agarrando com tanta força, joguei-o no chão, onde ele permaneceu imóvel. Então, peguei uma enorme pedra e esmaguei a cabeça dele com ela.

— Senti grande alegria por ter me livrado para sempre daquele velho maldito e caminhei em direção à beira-mar, onde encontrei a tripulação de um navio que acabava de ancorar para buscar água e, de passagem, refrescar-se um pouco. Todos ficaram extremamente surpresos ao me ver e ouvir os detalhes da minha aventura. "Você caiu", disseram-me, "nas mãos do velho homem do mar, e é o primeiro que ele não estrangulou. Ele só abandona aqueles que dominou depois de tê-los sufocado, e tornou o nome desta ilha célebre pelo número de pessoas que matou. Os marujos e mercadores que desembarcavam aqui não ousavam avançar no interior da ilha, a não ser quando muito bem acompanhados."

— Depois de me informarem de tudo isso, levaram-me com eles para o navio, cujo capitão ficou feliz em me receber quando soube de tudo o que acontecera comigo.

Tornou a navegar e, após alguns dias de viagem, desembarcamos no porto de uma grande cidade, onde as casas eram construídas com belas pedras.

— Um dos mercadores da embarcação, de quem me tornei amigo, obrigou-me a acompanhá-lo e me conduziu a uma hospedaria destinada a servir de refúgio a mercadores estrangeiros. Ele me deu uma grande sacola e, em seguida, depois de me haver recomendado a alguns moradores da cidade que tinham uma sacola igual à minha, pediu-lhes que me levassem com eles para colher cocos: "Ande", disse-me ele, "siga-os e faça como os vir fazer, sem se afastar deles, pois fazê-lo colocaria sua vida em perigo." Ele me deu provisões para o dia inteiro, e parti com aquelas pessoas.

— Chegamos então a uma grande floresta de árvores extremamente altas e muito retas, cujos troncos eram tão lisos que era impossível usá-los para subir até os galhos em que se encontravam os frutos. As árvores eram coqueiros, cujos frutos queríamos cortar para encher nossas sacolas. Ao entrar na floresta, vimos um número elevado de macacos grandes e pequenos, que corriam para longe assim que nos viam, subindo até o topo das árvores com surpreendente agilidade.

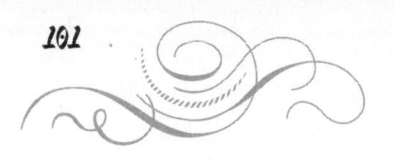

Sherazade queria continuar o relato, mas o raiar do dia a impediu de fazê-lo. Na noite seguinte, ela retomou assim a narrativa:

— Os mercadores que estavam comigo — continuou Simbá — recolheram algumas pedras e as jogaram com toda a força contra os macacos no alto das árvores. Segui o exemplo deles e vi que os macacos, sabendo de nosso intento, colhiam violentamente os cocos e os jogavam sobre nós com gestos que mostravam sua raiva e animosidade. Coletávamos os cocos e, de tempos em tempos, voltávamos a jogar pedras para irritar os macacos. Por meio dessa artimanha, enchemos nossas sacolas com as frutas, o que seria impossível de outra maneira.

— Quando nossas sacolas estavam cheias, voltamos para a cidade, onde o comerciante que me enviara para a floresta me ofereceu o valor da sacola de cocos que eu trouxera. "Continue a fazer assim todos os dias, até ganhar o suficiente para voltar para sua casa." Agradeci-lhe o bom conselho que me dera e, sem nem sequer ter percebido o tempo passar, colhi uma quantidade tão grande de cocos que juntei uma soma considerável com eles.

— A embarcação em que eu chegara havia zarpado com mercadores que a carregaram com os cocos comprados. Esperei a chegada de outra, que logo desembarcou no porto da cidade para transportar semelhante carregamento. Fiz com que embarcassem todos os cocos que me pertenciam e, quando ela estava prestes a partir, fui me despedir do mercador a quem tanto devia. Ele não pôde embarcar comigo porque ainda não havia concluído seus negócios.

— Navegamos e rumamos para a ilha onde a pimenta cresce mais abundantemente. De lá, chegamos à ilha de Comari, que possui a melhor espécie conhecida de babosa e cujos habitantes estabeleceram como lei inviolável não beber vinho, nem tolerar qualquer ambiente de libertinagem. Troquei meu coco nessas duas ilhas por pimenta e babosa, e fui com outros comerciantes até o local de pesca de pérolas, onde contratei mergulhadores para trabalhar para mim. Eles pescaram grande número de joias, todas enormes e perfeitas. Tomado de alegria, voltei ao mar em um navio que chegou sem percalços a Baçorá e, de lá, fui para Bagdá, onde ganhei muito dinheiro com a pimenta e a babosa que trouxera. Distribuí a décima parte de meus lucros em esmolas, assim como fizera ao voltar de minhas outras viagens, e procurei descansar de minha exaustão com todo tipo de diversão.

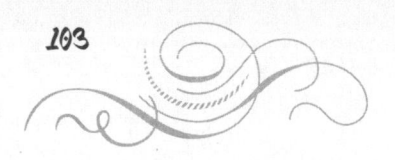

Terminada a narrativa, Simbá ofereceu cem lantejoulas a Hindbad, que se retirou com todos os outros convivas. No dia seguinte, os mesmos convidados se encontraram na casa do rico Simbá, que, depois de tê-los regalado como nos dias anteriores, pediu a palavra e relatou a história de sua sexta viagem como estou prestes a lhes contar:

6ª VIAGEM DE
Simbá,
O MARUJO

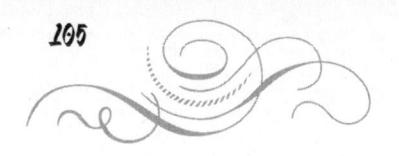

— Meus senhores — disse-lhes ele — vocês sem dúvida estão ansiosos para saber como, depois de ter naufragado cinco vezes e ter sofrido tantos perigos, eu ainda poderia resolver tentar a fortuna indo atrás de novas desgraças. Eu mesmo fico maravilhado quando reflito a esse respeito e, certamente, devo ter sido impelido pelos astros que me guiam. De qualquer modo, depois de um ano de descanso, preparei-me para fazer uma sexta viagem, apesar das súplicas de meus familiares e amigos, que fizeram de tudo para me impedir.

— Em vez de rumar para o Golfo Pérsico, passei uma vez mais por várias províncias da Pérsia e das Índias, e cheguei a um porto marítimo, de onde embarquei em uma bela embarcação, cujo capitão estava decidido a fazer uma longa viagem. E ela foi realmente muito longa, mas, ao mesmo tempo, tão desafortunada que o capitão e o piloto se perderam, de maneira que não sabiam onde estávamos. Por fim, eles puderam reconhecer a rota, porém não tínhamos motivo para nos alegrar, pois éramos apenas passageiros e, determinado dia, fomos surpreendidos ao ver o capitão deixar seu posto aos berros. Ele jogou o turbante no chão, começou a puxar os pelos da própria barba e batia na cabeça como um homem cuja mente se deixara dominar pelo desespero. Perguntamos por que estava tão aflito, ao que ele respondeu: "Devo lhes dizer que nos encontramos no ponto mais perigoso de todos os mares. Uma corrente extremamente rápida está a ponto de tomar o comando do navio, e todos vamos perecer em menos de um quarto de hora. Roguem a Deus que nos livre desse perigo. Não havemos de escapar do fim, a não ser que Ele se apiede de nós". Depois de ter pronunciado essas palavras, ele ordenou que aprumassem as velas, mas as cordas se arrebentaram na manobra, e o navio, inevitavelmente, foi levado pela correnteza até o sopé de uma montanha inacessível, onde encalhou e se partiu, mas de tal modo que, enquanto buscávamos nos salvar, ainda tivemos tempo de descarregar nossas provisões e mercadorias mais preciosas.

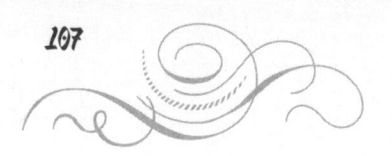

— Feito isso, o capitão nos disse: "Deus acaba de fazer o que lhe agrada. Cada um de nós pode cavar aqui a própria sepultura e nos dizer seu último adeus, pois nos encontramos em um lugar tão sombrio que nenhum dos que aqui chegaram antes de nós conseguiu voltar para casa". Essas palavras nos levaram a tamanho desespero que nos abraçamos uns aos outros com lágrimas nos olhos, lamentando nosso infeliz destino.

— A montanha ao pé da qual estávamos fazia parte da costa de uma ilha muito comprida e vasta. Como esse litoral era completamente coberto com os restos de

navios que haviam naufragado ali, e por uma
infinidade de ossos que se via por todo canto,
horrorizando-nos, acabamos por julgar que
muita gente havia perdido a vida naquele
local. Além disso, era também praticamente
inacreditável a quantidade de mercadorias e
riquezas que se apresentavam aos nossos olhos
por todos os lados. Todos aqueles objetos só
serviam para aumentar a desolação que nos
dominava. Ao contrário dos outros lugares
que há, onde os rios saem do leito para se
lançar ao mar, ali um grande rio de água
doce se afastava do mar, adentrando a costa
por uma caverna escura, cuja abertura era
extremamente alta e larga. E o mais notável
daquele lugar era que as pedras da montanha
se compunham de cristal, rubis e outras
pedras preciosas. Também podíamos ver
naquele ponto a fonte de uma espécie de piche
ou betume que caía no mar; era engolida pelos
peixes e, depois, transformada em um âmbar
cinza, que as ondas jogavam de volta à praia,
cobrindo-a por completo com a substância.
E, além disso, cresciam árvores ali, a maioria

delas de babosa, que não ficavam nada a dever às espécies da ilha de Comari.

— Para completar a descrição desse lugar, poderíamos chamá-lo de abismo, já que nada retornaria dali, pois, uma vez que as embarcações conseguissem chegar até determinada distância dele, nunca mais poderiam se afastar. Se fossem, no entanto, levadas até ali por um vento marítimo, tanto a atmosfera como a correnteza perderiam o controle delas, e se chegassem a sentir a influência dos ventos terrestres — o que poderia ajudá-las a se afastar — a altura da montanha as deteria, provocando uma calmaria que levaria a correnteza a agir, empurrando-as contra a costa, onde elas se partiriam, como aconteceu com nossa embarcação. Para aumentar a desgraça, não é possível chegar ao topo da montanha, nem escapar por qualquer outro lugar.

— Deitamos na praia, jazendo como pessoas que perderam a consciência, esperando a morte dia após dia. Logo no início, havíamos dividido nossa comida por igual: assim, cada um viveria mais ou menos do que os outros conforme o temperamento e o uso que fizesse de suas provisões.

Sherazade parou de falar, vendo que o dia começava a raiar. No dia seguinte, ela continuou assim o relato da sexta viagem de Simbá:

— Aqueles que morreram primeiro — continuou Simbá — foram enterrados pelos outros: quanto a mim, prestei os últimos ritos a todos os meus companheiros, e isso não deveria ser surpreendente, pois, além do fato de ter gerido melhor do que todos as provisões que me couberam, ainda guardara outras comigo, tendo o cuidado de não as compartilhar com meus camaradas. No entanto, quando enterrei o último deles, restava-me tão pouca comida que julguei que não poderia ir muito longe. Então, cavei minha própria sepultura, decidindo me jogar nela, já que não havia ninguém vivo para me enterrar. Confesso-lhes que, ao me ocupar com essa tarefa, não pude deixar de imaginar que eu era a única causa de minha ruína, lamentando ter embarcado nesta última viagem. Não parei nem sequer para refletir no que estava fazendo: ensanguentei minhas mãos em profusão ao cavar, e quase apressei minha morte.

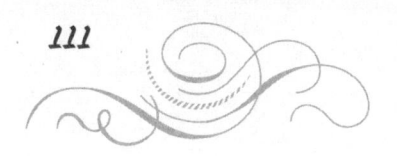

— Mas Deus ainda teve pena de mim e me inspirou a pensar em ir até o rio, que se perdia sob a entrada da caverna. Lá, depois de ter examinado o rio com muita atenção, disse a mim mesmo: "Este rio que se esconde sob a terra deve sair por outro lugar. Se eu construir uma jangada e me postar nela à mercê da correnteza, ou chegarei a uma terra habitada, ou perecerei; se perecer, terei apenas mudado o tipo de morte que me cabe; se, ao contrário, sair deste lugar fatal, não só evitarei o triste destino de meus colegas, como talvez encontre uma nova oportunidade de enriquecer. Quem sabe se a fortuna não está apenas à espera de que eu saia desta terrível armadilha para compensar meu naufrágio com lucro?".

— Não hesitei em trabalhar na jangada depois desse raciocínio, construindo-a com pedaços de madeira de boa qualidade e largas cordas, pois tinha muito material à escolha.

Amarrei-os com tanta força que acabei
por produzir uma obra compacta e sólida.
Terminada a jangada, carreguei-a com alguns
fardos de rubis, esmeraldas, âmbar cinza,
cristais de rocha e preciosos tecidos. Tudo
muito bem equilibrado e amarrado, subi na
embarcação com dois pequenos remos que não
me esquecera de esculpir e, deixando-me levar
pelo curso do rio, abandonei-me à vontade
de Deus.

— Assim que me encontrei sob a
entrada da caverna, não vi mais nenhuma
luz e a corrente me carregou sem que eu
pudesse distinguir para onde ia. Naveguei
por alguns dias nessa escuridão, sem chegar
a ver nem mesmo um único raio de luz.
Certa vez, percebi a altura do teto tão baixa
que pensei que machucaria minha cabeça, o
que me fez tomar muito cuidado para evitar
tamanho perigo. Durante todo esse tempo,
da comida que me restava ingeri apenas o que
era naturalmente necessário para me manter
vivo. Mas, mesmo com toda a frugalidade com
que era capaz de viver, acabei consumindo
todas as minhas provisões. Então, sem que eu

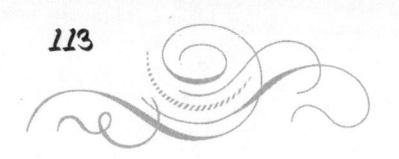

pudesse evitar, um sono suave veio se apoderar de meus sentidos. Não sei dizer se dormi por muito tempo, mas, ao acordar, vi-me, atônito, em um vasto campo à beira de um rio, em que minha jangada fora amarrada, e no meio de muitas pessoas negras. Levantei-me assim que as vi e as cumprimentei. Falaram comigo, mas eu não compreendia sua língua.

— Nesse momento, senti-me tão dominado pela alegria que não sabia se deveria crer estar acordado. Convencido de que não dormia, recitei estes versos em árabe, gritando: "Invoque o Todo-Poderoso e ele virá em seu auxílio. Não é preciso se preocupar com mais nada. Feche os olhos e, enquanto dorme, Deus mudará sua sorte de má para boa".

— Um dos homens, que entendia árabe, ao me ouvir falar assim, tomou a frente e disse: "Meu irmão, não se surpreenda em nos avistar. Vivemos no campo que está vendo e, hoje, viemos regar nosso solo com a água deste rio que vem da serra vizinha, desviando-a por pequenos canais. Percebemos que a água vinha carregando algo, corremos sem tardar para ver do que se tratava e descobrimos que era esta jangada. Imediatamente, um de nós saiu a nado e o trouxe até aqui. Nós detivemos a jangada e a amarramos como está vendo, à espera de que você acordasse. Pedimos que nos conte sua história, que deve ser muito extraordinária. Conte-nos como se aventurou nesta água e de onde você vem". Pedi-lhes então que me alimentassem primeiro, e satisfaria sua curiosidade em seguida.

— Apresentaram-me vários tipos de comida e, quando saciei minha fome, dei-lhes um relato fiel de tudo o que havia acontecido comigo, e eles pareciam me ouvir com admiração. Assim que terminei meu discurso, disseram-me, por intermédio do intérprete que lhes explicara o que eu havia dito: "Isso, sim, é uma história das mais surpreendentes! Você deve vir pessoalmente contá-la ao rei. Trata-se de algo por demais fabuloso para ser relatado por outra pessoa que não seja quem realmente viveu tal aventura". Disse-lhes que estava pronto para fazer o que quisessem.

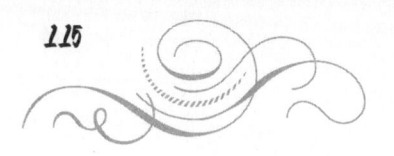

— Imediatamente, os homens mandaram buscar um cavalo, que foi trazido pouco depois. Fizeram-me subir nele e, enquanto uma parcela deles caminhava à minha frente para me indicar o caminho, os outros, que eram os mais fortes, puseram nos ombros a jangada, ainda com os fardos amarrados nela, e começaram a me seguir.

Sherazade, ao dizer essas palavras, foi obrigada a se interromper, pois já amanhecia. No fim da noite seguinte, ela retomou o fio da narrativa, falando nos seguintes termos:

— Todos nós caminhamos juntos — continuou Simbá — até a cidade de Serendib, pois eu estava na ilha homônima. Os homens me apresentaram ao rei deles; aproximei-me do trono, onde ele estava sentado, e o saudei como se costuma saudar os reis da Índia, ou seja, prostrei-me a seus pés e beijei o chão. O monarca fez com que me levantasse e, recebendo-me com um ar muito benevolente, pediu-me que avançasse até ele e me sentasse a seu lado. Antes de tudo, perguntou-me qual era o meu nome. Tendo-lhe respondido que meu nome era Simbá, que tinha como apelido "o Marujo", em razão das inúmeras viagens marítimas que fizera, acrescentei que era natural da cidade de Bagdá. "Mas então", retrucou ele, "como se encontra em meus domínios, e de onde veio?"

— Não escondi nada do rei e lhe contei a mesma história que vocês acabaram de ouvir. Ele ficou tão surpreso e encantado com meu relato, que ordenou que minha aventura fosse transcrita em letras de ouro, para ser conservada nos arquivos de seu reino. A jangada foi então trazida, e os fardos foram abertos em sua presença. Ele admirou a quantidade de babosa e âmbar cinza, mas ficou especialmente maravilhado com os rubis e as esmeraldas, pois não tinha nada em seu tesouro com a mesma qualidade daquelas pedras.

— Ao notar que ele olhava as minhas joias com prazer, examinando as mais singulares uma após a outra, prostrei-me e tomei a liberdade de lhe dizer: "Meu senhor, não apenas minha pessoa está a serviço de sua majestade, a carga desta jangada também está a seu dispor, e lhe rogo que usufrua dela como sua propriedade". Com um sorriso nos lábios, ele me respondeu: "Simbá, tomarei muito cuidado para não desejar nem lhe subtrair nada do que Deus tenha lhe dado. Longe de diminuir suas riquezas, pretendo aumentá-las, e não quero que você saia de meus domínios sem levar consigo sinais de minha generosidade". Respondi às palavras dele simplesmente desejando a prosperidade do monarca e elogiando sua bondade e generosidade. Ele nomeou um dos oficiais para cuidar de mim e enviou gente para me servir a todo o tempo, à custa dele. O oficial cumpriu fielmente as ordens do mestre e mandou transportar todos os fardos com que a jangada havia sido carregada para os aposentos para onde fui conduzido.

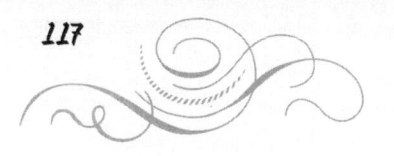

— Eu ia todos os dias, sempre no mesmo horário, prestar minhas honrarias ao rei, e passava o resto do tempo passeando pela cidade, vendo o que mais me interessasse.

— A ilha de Serendib está localizada logo abaixo da linha do Equador — por isso, os dias e as noites contêm sempre doze horas — e mede oitenta parasangas[12], tanto de comprimento como de largura. A capital está situada no fim de um belo vale formado por uma montanha que fica no meio da ilha, que é, aliás, a mais alta do mundo. De fato, podemos vê-la do mar, estando três dias de navegação distantes da ilha. Nela, pode-se encontrar rubis e vários tipos de minerais, e praticamente todas as rochas do solo são formadas por esmeril, uma pedra metálica usada para lapidar gemas. Pode-se também ver toda espécie de árvores e plantas raras, especialmente cedros e coqueiros. Pesca-se pérolas ao longo de suas margens e na foz dos rios, e alguns vales fornecem diamantes. Além disso, fiz uma peregrinação à montanha, ao local onde Adão foi relegado depois de ser banido do paraíso terrestre, e tive a curiosidade de subir até o pico.

---

12 Parasanga é uma antiga unidade de medida persa de comprimento, correspondendo a aproximadamente 5.940 metros. (N. do T.)

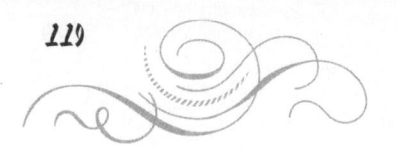

— Quando voltei à cidade, implorei ao rei que me permitisse retornar ao meu país, o que ele me concedeu de maneira muito amável e honrosa. Obrigou-me a receber um rico presente, que havia retirado de seu tesouro e, quando fui me despedir dele, o monarca me encarregou de outro presente muito mais significativo e, ao mesmo tempo, de uma carta para o Comandante dos Fiéis[13], nosso senhor soberano, dizendo-me: "Por favor, apresente este presente e esta carta em meu nome ao califa Haroun Alraschid, como garantia de minha amizade". Aceitei com todo o respeito o presente e a carta, prometendo à sua majestade cumprir rigorosamente as ordens que me dera a honra de assumir. Antes que eu embarcasse, esse soberano mandou chamar o capitão e os mercadores que me acompanhariam e lhes ordenou que tivessem por mim toda a consideração imaginável.

---

[13] Título dado aos imãs, sacerdotes que comandam a oração da sexta-feira, o dia sagrado dos muçulmanos. (N. do T.)

— A carta do rei de Serendib foi escrita na pele de certo animal muito precioso pela raridade, e cuja cor tende para o amarelo. Os caracteres dessa carta eram azuis, e eis o que ela continha, na língua indiana:

O rei das Índias, diante de quem caminham mil elefantes, que mora em um palácio cujo telhado brilha com o esplendor de cem mil rubis e que possui em seu tesouro vinte mil coroas adornadas de diamantes, ao califa Haroun Alraschid:

Embora o presente que lhe enviamos não seja tão notável, não deixe, contudo, de recebê-lo como irmão e amigo, em consideração à amizade que lhe conservamos em nosso coração, e cujo testemunho nos alegramos muito em oferecer. Pedimos-lhe o mesmo de sua pessoa, pois acreditamos merecê-lo, pertencendo à mesma estirpe que a sua. Assim lhe rogamos na qualidade de irmão. Adeus.

— O presente consistia em um vaso feito de um único rubi, vazado e esculpido no formato de um cálice, com quinze centímetros de altura e quase dois centímetros de espessura, encravado de pérolas perfeitamente redondas, pesando dois gramas cada uma. Além do vaso, havia também uma pele de serpente com escamas tão grandes quanto moedas comuns de ouro — cuja peculiaridade era preservar da doença aqueles que dormiam enrolados nela — quase duzentos quilos da melhor babosa que há, com trinta sementes de cânfora do tamanho de pistaches e, por fim, tudo vinha acompanhado de uma escrava de beleza arrebatadora, cujas roupas eram cobertas de pedras preciosas.

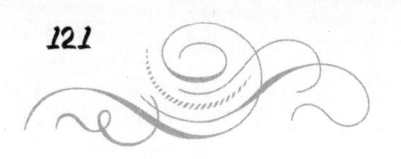

— O navio zarpou e, após uma jornada longa e muito afortunada, desembarcamos em Baçorá, de onde segui para Bagdá. A primeira coisa que fiz depois de minha chegada foi cumprir a missão que me fora atribuída.

Sherazade não disse mais nada, por causa da luz que surgia. No dia seguinte, ela retomou o discurso da seguinte forma:

— Peguei a carta do rei de Serendib — continuou Simbá — e fui me apresentar à porta do Comandante dos Fiéis, seguido pela bela escrava e por membros da minha família, que carregavam os presentes de que fora encarregado. Relatei-lhe o assunto que fizera o procurar, e fui conduzido imediatamente perante o trono do califa. Curvei-me diante dele, prostrando-me e, depois de lhe fazer um relato bastante conciso, apresentei-lhe a carta e o presente. Quando ele leu o que o rei de Serendib escrevera, perguntou-me se era verdade que o tal monarca fosse tão poderoso e rico quanto indicava na carta. Prostrei-me uma segunda vez e, depois de me levantar, respondi-lhe: "Comandante dos Fiéis, posso assegurar à sua majestade que ele não exagera sua riqueza e grandeza, sou testemunha disso. Nada tem mais capacidade de causar admiração do que a imponência de seu palácio. Quando esse monarca quer aparecer em público, é-lhe erguido um trono sobre um elefante, onde ele então se senta, fazendo o paquiderme caminhar no meio de duas fileiras compostas pelos seus ministros, seus súditos favoritos e outras pessoas da corte. À frente dele, no mesmo elefante, um oficial segura uma lança dourada na mão, e atrás do trono vai outro oficial, que carrega uma coluna dourada no topo da qual está uma esmeralda com cerca de quinze centímetros de comprimento e quase três centímetros de espessura. Ele é precedido por uma guarda de mil homens vestidos com tecidos de ouro e seda e montados em outros elefantes, ricamente adornados.

— Enquanto o rei está em movimento, o oficial que vai diante dele no mesmo elefante exclama de vez em quando, em voz alta: 'Eis o grande monarca, o poderoso e formidável sultão da Índia, cujo palácio está coberto por cem mil rubis e possui vinte mil coroas de diamantes. Eis aqui o monarca coroado, maior do que o grande Salomão e o grande Mihrage jamais foram'.

— Depois de ter pronunciado essas palavras, o oficial atrás do trono exclama, por sua vez: 'Esse monarca tão grande e tão poderoso deve morrer, deve morrer, deve morrer'. Ao que o oficial da frente retoma a palavra, gritando: 'Louvado seja aquele que vive e não morre!'.

— Além disso, o rei de Serendib é tão justo que não há juízes em sua capital, assim como no resto de seus domínios. Seus povos não precisam de juízes, pois conhecem e observam a justiça à exatidão por si mesmos, sem nunca se desviar de seus deveres. Por isso, tribunais e magistrados são inúteis em seu país". O califa ficou muito satisfeito com meu relato: "A sabedoria deste rei", disse ele, "transparece em sua carta e, depois do que você acabou de me dizer, é preciso admitir que sua sabedoria é digna de seu povo, e seu povo é digno dela". Com essas palavras, ele me dispensou e me mandou partir com um rico presente.

Simbá terminou de falar nesse instante, e a audiência se retirou. Mas, de antemão, Hindbad recebeu mais cem lantejoulas. Eles retornaram novamente no dia seguinte ao palácio de Simbá, que lhes contou sobre sua sétima e última viagem nos seguintes termos:

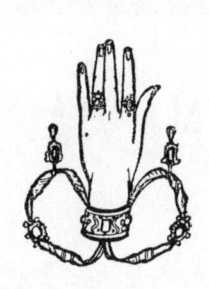

7ª E ÚLTIMA VIAGEM DE
Simbá,
O MARUJO

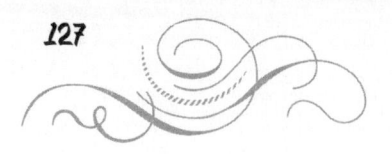

— Ao retornar de minha sexta viagem, desisti absolutamente de pensar em fazer qualquer outra coisa. Além do fato de estar em uma idade que não exigia nada além de descanso, havia decidido não me expor aos perigos que tantas vezes correra. Então, pensava apenas em passar o resto de minha vida com tranquilidade. Certo dia, quando recebia alguns amigos meus, um de meus criados veio me dizer que um oficial do califa exigia minha presença. Saí da mesa e fui ao encontro dele:

"O califa", disse-me, "pediu-me que viesse avisá-lo que ele quer lhe falar". Segui o oficial até o palácio, e ele me apresentou ao monarca, a quem saudei me prostrando a seus pés. "Simbá", disse-me ele, "preciso de você. Necessito de um favor seu: que você leve minha resposta e meus presentes ao rei de Serendib. É mais do que justo que eu retribua a gentileza que ele me ofereceu."

— A ordem do califa me acertou como um raio. "Comandante dos Fiéis", disse-lhe eu, "estou pronto a executar tudo o que sua majestade ordenar. Mas lhe rogo muito humildemente que se lembre de que me encontro prostrado pelos incríveis esforços que empreendi. Fiz até mesmo votos de nunca mais deixar Bagdá." E, então, aproveitei para lhe relatar com longos pormenores todas as minhas aventuras, que ele teve a paciência de ouvir até o fim.

— Assim que parei de falar, disse-me ele: "Confesso que esses eventos são bastante extraordinários, no entanto, não devem impedi-lo de fazer, por amor a mim, a viagem que lhe proponho. Basta ir à ilha de Serendib cumprir a missão que lhe dei. Depois disso, estará livre para voltar. Porém deve ir, pois pode ver muito bem que não seria decente, tampouco digno, ficar em dívida com o rei dessa ilha". Vendo que o califa absolutamente me exigiria tal incumbência, admiti-lhe que estava pronto para obedecê-lo. Ele ficou muito feliz e fez com que me entregassem mil lantejoulas para as despesas da minha viagem.

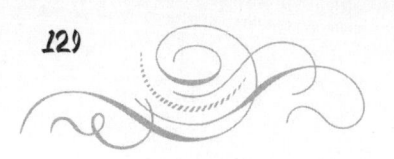

— Preparei-me para a partida em poucos dias e, assim que me foram entregues os presentes do califa, assim como uma carta de seu próprio punho, parti, tomando o caminho de Baçorá, onde embarquei. Minha viagem foi muito bem-sucedida e cheguei à ilha de Serendib. Lá expliquei aos ministros a missão de que fora encarregado e implorei que me concedessem uma audiência sem demora, o que eles logo fizeram. Fui conduzido ao palácio com honrarias e, lá chegando, saudei então o rei, prostrando-me de acordo com o costume.

— O monarca me reconheceu imediatamente, e se mostrou especialmente feliz por me ver novamente: "Ah, Simbá", disse-me ele, "seja bem-vindo. Juro que pensei muito em você desde sua partida. Abençoado seja este dia, pois nos vemos uma vez mais". Cumprimentei-o e, depois de lhe agradecer a bondade para comigo, apresentei-lhe a carta e o presente do califa, que ele recebeu com todos os sinais de uma grande satisfação. "O califa lhe envia um enxoval de cama tecido de ouro, avaliado em mil lantejoulas, cinquenta trajes de esplêndida fazenda e uma centena de outras vestes no mais fino linho branco, do Cairo, de Suez, de Cufa e de Alexandria. Ainda outro enxoval carmesim e um terceiro, em outra padronagem. Um vaso de ágata mais largo do que fundo, com dois centímetros de espessura e quinze de abertura, cujo fundo representa um homem com um joelho apoiado no chão segurando um arco e flecha, prestes a atirar em um leão, em baixo-relevo. Por fim, enviou-lhe uma rica mesa que a tradição faz acreditar vir do grande Salomão." A carta do califa consistia no seguinte:

> "*Salve, em nome do guia soberano do caminho correto, ao poderoso e afortunado sultão, em nome de Abdallah*

Haroun Alraschid, a quem Deus colocou no lugar de honra depois de seus ancestrais de feliz memória!

Recebemos com alegria sua carta e lhe enviamos esta que lê, vinda do conselho de nossa fortaleza, o jardim dos espíritos superiores. Esperamos que, ao fitá-la, reconheça nossas boas intenções e a considere agradável. Adeus".

— O rei de Serendib ficou muito satisfeito ao ver que o califa correspondia à amizade que ele havia demonstrado. Pouco depois dessa audiência, solicitei minha dispensa, o que me deu bastante dificuldade em obter. Finalmente consegui recebê-la, e o rei, ao me dispensar, ofereceu-me um presente muito significativo. Reembarquei imediatamente, com a intenção de retornar a Bagdá; mas não tive a felicidade de chegar lá como esperava, Deus me providenciando o contrário.

— Três ou quatro dias depois da nossa partida, fomos atacados por corsários que conseguiram se apoderar de nosso navio facilmente, visto que, naquele momento, não tínhamos condições de nos defender. Alguns tripulantes quiseram resistir, mas isso lhes custou a vida. Quanto a mim e a todos aqueles que tiveram a prudência de não se opor ao plano dos corsários, acabamos sendo escravizados.

A aurora impôs seu silêncio a Sherazade. No dia seguinte, ela retomou a continuação dessa história.

— Meu senhor — disse ela ao sultão das Índias — Simbá, continuando a relatar as aventuras de sua última viagem, disse:

— Depois que os corsários nos despiram e nos deram roupas horrendas em substituição às nossas, levaram-nos para uma grande e longínqua ilha, onde nos venderam. Caí nas mãos de um rico mercador, que, mal havia me comprado, levou-me para a casa dele, onde me fez comer bem e me vestir como um escravo. Alguns dias depois, como ele ainda não havia compreendido bem quem eu era, perguntou-me se eu conhecia algum ofício. Respondi, sem me dar a conhecer melhor, que não era artesão, e sim comerciante de profissão, e que os corsários que me venderam haviam me tirado tudo o que tinha. "Mas diga uma coisa", retomou ele, "por acaso você sabe atirar com arco e flecha?" Respondi-lhe que aquele era um dos exercícios da minha juventude e que, desde então, nunca o esquecera.

— Ao ouvir minha resposta, ele me deu um arco e algumas flechas e, fazendo-me montar atrás dele no dorso de um elefante, conduziu-me a uma floresta a poucas horas de viagem da cidade, cuja extensão era bastante vasta. Já havíamos entrado na floresta havia algum tempo quando ele decidiu parar e me fazer desmontar. Então, mostrando-me uma grande árvore, disse-me: "Suba naquela árvore e atire nos elefantes que vir passar, pois há uma enorme quantidade deles nesta selva. Se algum deles cair, venha me avisar". Depois de me dizer isso, deixou-me com algumas provisões e retomou o caminho para a cidade, ao passo que eu permaneci em cima da árvore à espreita a noite toda.

— Não avistei nenhum elefante durante todo esse tempo; entretanto, no dia seguinte, assim que o sol nasceu, vi muitos deles aparecerem. Atirei várias flechas neles e, finalmente, um caiu no chão. Imediatamente, os outros se retiraram, deixando-me livre para ir avisar meu senhor da caçada que acabara de fazer. Em virtude dessa notícia, ele me ofereceu uma bela refeição, elogiou minha habilidade e me afagou muito. Em seguida, fomos juntos para a floresta, onde cavamos uma cova para enterrar o elefante que eu matara. Meu senhor propôs voltarmos quando o animal estivesse podre, para lhe tirar as presas e vendê-las.

— Continuei essa caçada por dois meses, e não passou um dia sequer sem que eu matasse um elefante. Mas nem sempre me postei à espreita na mesma árvore, ora subindo em uma, ora em outra. Certa manhã, enquanto esperava a chegada dos elefantes, notei com extremo espanto que, em vez de passar diante de mim pela floresta como de costume, eles pararam onde estavam e começaram a vir na minha direção fazendo um barulho terrível, em tão grande número que cobriam toda a terra, que tremia sob seus pés. Aproximaram-se da árvore em que eu subira e a cercaram, com as trombas estendidas e os olhos fixos em mim. Diante desse espantoso espetáculo, permaneci imóvel, tão dominado pelo medo que meu arco e minhas flechas caíram de minhas mãos.

— Não estava agitado por um medo vão. Depois que os elefantes me fitaram por algum tempo, um dos maiores espécimes agarrou a base da árvore com a tromba, fazendo um esforço tão estrondoso que acabou por arrancá-la pela raiz, lançando-a ao chão. Caí com a árvore, porém o animal me pegou com a tromba e me carregou nas costas, em que me sentei mais morto do que vivo, com a aljava amarrada aos ombros. Ele, então, colocou-se à frente de todos os outros paquidermes, que o seguiram aos montes, e me carregou para um local de onde, depois de ter me colocado no chão, retirou-se com todos os que o acompanhavam. Imaginem vocês, se possível, o estado em que eu me encontrava. Pensei estar dormindo, e não acordado. Por fim, depois de ter ficado algum tempo estirado no lugar onde fora depositado, não vendo mais nenhum elefante, levantei-me e notei que estava no topo de uma colina bastante comprida e larga, toda coberta por ossos e presas de elefantes. Confesso-lhes que aquele lugar me levou a uma infinidade de reflexões. Admirei o instinto daqueles animais. Não tive dúvidas de que aquele era o cemitério deles, e que me haviam trazido ali com o propósito de me ensinar, para que eu parasse de persegui-los, já que o fazia com o único objetivo de obter suas presas. Não fiquei parado no alto da colina. Voltei meus passos na direção da cidade e, depois de caminhar um dia e uma noite sem parar, cheguei à casa de meu senhor. Não encontrei nenhum elefante no caminho, o que me mostrou que eles haviam adentrado mais a floresta para proporcionar uma subida rumo à colina sem mais obstáculos.

— Assim que meu senhor me viu, disse: "Ah! Pobre Simbá, sofri muito ao saber o que poderia ter sido feito de você. Fui para a floresta e encontrei uma árvore recém-arrancada, um arco e algumas flechas no chão. Depois de tê-lo procurado em vão, fiquei desesperado com a possibilidade de nunca mais vê-lo. Diga-me, por favor, o que lhe aconteceu. Por que felicidade do destino você ainda está vivo?". Satisfiz então a curiosidade dele e, no dia seguinte, tendo ambos ido para a colina, ele reconheceu com extrema alegria a verdade do que eu lhe dissera. Carregamos o elefante em que havíamos ido com todas as presas que era capaz de suportar e, quando voltamos, meu senhor disse: "Meu irmão, não quero mais tratá-lo como um escravo depois do prazer que você acaba de me proporcionar, graças a essa descoberta que há de me enriquecer. Que Deus o satisfaça com todos os tipos de bens e muita prosperidade. Declaro neste momento, diante Dele, que estou lhe concedendo a liberdade".

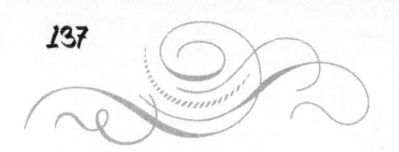

— Eu havia ocultado o que está prestes a ouvir. Os elefantes de nossa floresta fazem perecer todos os anos uma infinidade de escravos que enviamos à procura de marfim. Não importando os conselhos que lhes damos, mais cedo ou mais tarde eles perdem a vida em consequência das artimanhas desses animais. Deus o livrou da fúria deles, concedendo somente a você tal graça. Trata-se de um sinal de que Ele o aprecia e precisa de você no mundo, pelo bem que deve fazer nele. Você me proporcionou uma incrível vantagem, pois, até agora, nós só havíamos conseguido marfim arriscando a vida de nossos escravos, e eis que toda a nossa cidade se vê enriquecida desse material graças aos seus métodos. Não pense que ter lhe concedido a liberdade é recompensa o suficiente para você, pois quero acrescentar bens consideráveis a este presente. Eu poderia muito bem recorrer a toda a cidade para ajudar na composição de sua fortuna, porém se trata de uma honra que eu mesmo quero ter.

— A esse amável discurso, respondi: Meu senhor, que Deus o proteja! A liberdade que me concede é suficiente para absolvê-lo em relação a mim e, por toda a recompensa do serviço que tive a sorte de prestar ao senhor e à sua cidade, peço-lhe apenas permissão para retornar ao meu país. "Muito bem", respondeu-me ele, "as monções logo nos trarão navios em busca do marfim. Quando assim acontecer, vou enviá-lo e lhe oferecerei meios para que chegue em casa." Agradeci-lhe novamente a liberdade que acabara de me dar e as boas intenções que tinha para com minha pessoa. Fiquei na casa dele enquanto esperava a mudança dos ventos de monção e, nesse meio-tempo, fizemos tantas viagens à colina que acabamos por lotar de marfim seus armazéns. Todos os comerciantes da cidade que negociavam o produto fizeram o mesmo, pois não foi possível esconder deles o local que havíamos encontrado por muito tempo.

Ao pronunciar essas palavras, Sherazade, percebendo o raiar do dia, interrompeu o relato. Ela o retomou na noite seguinte, dizendo ao sultão da Índia:

— Meu senhor, Simbá continuou assim a narrativa de sua sétima viagem: "Os navios finalmente chegaram, e meu senhor, tendo escolhido ele mesmo em qual deles eu deveria embarcar, carregou-o pela metade com marfim, por minha conta. Não se esqueceu tampouco de enchê-lo de provisões suficientes para a minha viagem, e ainda me obrigou a aceitar caros presentes e lembranças de seu país. Depois de lhe agradecer tanto quanto pude por todas as benesses que recebera dele, embarquei. Partimos, e como a aventura que me proporcionara a liberdade era excepcionalmente incrível, minha mente se manteve ocupada com ela.

— Paramos em algumas ilhas para nos refrescar. Como nosso navio partira de um porto continental das Índias, ali desembarcamos e, para evitar os perigos do mar até Baçorá, fiz descarregarem todo o marfim que me pertencia, resolvido a continuar minha viagem por terra. Com o marfim, consegui grande quantia em dinheiro, comprando então vários objetos raros para oferecer como presente. Quando minha tripulação estava pronta, juntei-me a uma grande caravana de mercadores. O trajeto era bastante longo, e sofri muito com a distância. Porém sofri pacientemente, ponderando que não precisaria mais temer tempestades, corsários, serpentes, nenhum dos perigos que havia corrido.

— Todo esse cansaço finalmente terminou, pois cheguei afortunadamente a Bagdá. Antes de tudo, fui me apresentar ao califa e lhe contar minha empreitada. O monarca relatou que a duração da minha viagem já lhe causava ansiedade, mas que, no entanto, sempre esperara que Deus não me abandonasse. Quando lhe narrei sobre a aventura dos elefantes, ele pareceu muito surpreso e teria se recusado a acreditar se já não conhecesse minha sinceridade. Considerou essa história — e todas as outras que lhe contei — tão curiosa que instruiu um de seus assistentes a escrevê-la em caracteres dourados, para ser conservada em seu tesouro. Retirei-me muito contente com a honra e os presentes que então me ofereceu. Em seguida, dediquei-me inteiramente a minha família, meus pais e amigos.

Foi assim que Simbá encerrou o relato de sua sétima e última viagem. Então, dirigindo-se a Hindbad, acrescentou:

— Muito bem, meu amigo, você já ouviu falar a respeito de alguém que tenha sofrido tanto quanto eu, ou de um mortal que tenha passado por apuros tão desesperadores? Não é justo que, depois de tanto trabalho, eu tenha uma vida tranquila e agradável?

Ao terminar esse discurso, Hindbad se aproximou dele e disse, beijando-lhe a mão:

— Devo admitir, meu senhor, que já sofreu perigos terríveis. Minhas dores não são comparáveis às suas. Se me afligem durante o tempo que me fazem sofrer, consolo-me com o pouco proveito que delas tiro. O senhor não só merece uma vida sossegada, como ainda é digno de todos os bens que possui, visto que faz deles bom uso e é tão generoso. Continue então a viver em alegria até a hora de sua morte.

Simbá lhe ofereceu então mais cem lantejoulas, recebeu-o entre seus inúmeros amigos, disse-lhe que largasse a profissão de carregador e continuasse a vir comer em sua casa, para que se lembrasse de Simbá, o marujo, por toda a vida.

Sherazade, vendo que ainda não era dia, continuou a falar e começou outra história.

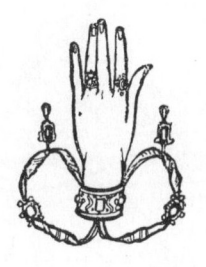

Impressão e Acabamento
Gráfica Oceano